LE CŒUR D'UNE GUERRIÈRE

MARASTIN DOW, UNE NOUVELLE

S.E. SMITH

MONTANA
PUBLISHING

REMERCIEMENTS

Je voudrais remercier mon mari Steve de croire en moi et d'être assez fier de moi pour me donner le courage de suivre mes rêves. J'aimerais également remercier tout particulièrement ma sœur et meilleure amie, Linda, qui non seulement m'a encouragée à écrire mais a également lu le manuscrit. Et également mes autres amis qui croient en moi : Jennifer, Jasmin, Maria, Rebecca, Gaelle, Angelique, Charlotte, Rocío, Aileen, Julie, Jackie, Lisa, Sally, Elizabeth (Beth), Laurelle, et Narelle. Les filles qui m'aident à continuer !

Et un merci tout particulier à Paul Heitsch, David Brenin, Samantha Cook, Suzanne Elise Freeman, Laura Sophie, Vincent Fallow, Amandine Vincent, et PJ Ochlan, les voix fantastiques derrière mes livres audios !

—S.E. Smith

Le cœur d'une guerrière: Marastin Dow Tome 1

Résumé : Deux frères humains, kidnappés et vendus par un
marchand extraterrestre, découvrent l'amour dans l'endroit
le plus insolite quand ils rencontrent deux sœurs se battant
pour rester en vie au sein de leur propre espèce.

ISBN: 9781694507815 (5x8 kdp livre de poche)
ISBN: 9781944125752 (eBook)

{Romance (love, explicit sexual content)—Science Fiction
(Aliens, Space)—Action/Adventure—Contemporary—
Fantasy—Novella}

Publié par Montana Publishing.
www.montanapublishinghouse.com

SOMMAIRE

RÉSUMÉ

Seuls les plus impitoyables des Marastin Dow ont le droit de vivre, et Evetta et Hanine ont tué assez des leurs pour rester en vie, mais elles désirent désespérément une vie différente. Quand elles rencontrent deux frères humains se battant pour survivre, les sœurs sont d'accord : cette alliance pourrait être leur seule chance.

La vie de Ben et Aaron Cooper n'a jamais été facile. Abandonnés par leur mère et élevés par un père ivrogne, chaque jour passé dans leur ferme du Kansas était une sorte de test. La vie leur sert cependant un affreux rebondissement quand ils se font kidnapper et vendre par un marchand extraterrestre. Les quinze années qui ont suivi se sont avérées être les plus éprouvantes de leurs vies. Ils ont fait ce qu'ils avaient à faire pour survivre, mais alors que leur cargo est attaqué par une espèce particulièrement assoiffée de sang, il semble que cela soit réellement la fin pour eux.

Il n'y a qu'une seule chose que ces femmes guerrières puissent faire pour les sauver… s'enfuir !

— *Q*ue va-t-il se passer à présent à ton avis ? demanda Aaron Cooper en appuyant sa tête contre le mur de métal froid de leur cellule de prison. Tu crois que cela pourrait être la fin ? Tu crois qu'ils vont nous tuer ?

— Je ne sais pas, répondit sombrement Ben en regardant son frère cadet par-dessus son épaule. J'ai entendu des choses déplaisantes à propos de cette espèce.

— Qu'est-ce qu'on en a à faire de ce que tu as entendu ? Tu as vu ce qu'ils ont fait au reste de l'équipage du cargo, dit Aaron d'un ton las. C'est peut-être tout aussi bien. J'ai abandonné tout espoir d'un jour parvenir à retourner sur Terre.

Ben ne dit rien. Que pouvait-il dire ? Il avait perdu l'espoir d'un jour revoir la Terre des années auparavant. Il n'était peut-être âgé que de seize mois de plus qu'Aaron, mais il avait toujours eu une vision plus pessimiste de la vie que son frère.

La vie n'avait jamais été facile pour eux. Leur mère les avait abandonnés, leur père et eux, peu après la naissance d'Aaron. Et si cela n'était pas déjà assez terrible, leur père s'était mis à tant boire que le temps qu'ils soient assez grands pour ouvrir une boîte de céréales, ils étaient pratiquement seuls. Alors, l'inconcevable se produisit. Ils furent kidnappés dans la ferme du Kansas où ils vivaient par un marchand d'esclaves extraterrestre.

Cela allait bientôt faire dix ans depuis ce jour. Il avait alors quatorze ans et Aaron douze. Ils étaient en train de réparer la clôture de fil barbelé le long d'un des champs moins fréquemment utilisés quand ils furent enlevés. Leur père était censé se charger de cela, mais il était trop soûl pour lever son cul du lit. Ben conduisait le vieux pickup et Aaron et lui faisaient le travail à la place de leur père. C'était le seul moyen de garder un toit au-dessus de leurs têtes et de la nourriture dans leurs ventres, bien qu'ils passaient plus de temps affamés que rassasiés.

S'ils pensaient que la vie était dure avant, elle devint brutale pendant les cinq premières années après qu'ils aient été enlevés. Ce ne fut qu'après que le capitaine du dernier cargo les ait gagnés à un jeu de hasard que les choses changèrent légèrement pour le mieux. La vie n'était toujours pas facile, mais au moins ils étaient capables d'avoir de quoi vivre une vie un petit peu normale ensemble.

Ben avait convaincu tous leurs anciens propriétaires qu'Aaron et lui devaient rester ensemble ou alors ils mourraient. C'était la seule chose à laquelle il était parvenu à penser pour qu'ils puissent rester ensemble. Vu que leur espèce n'avait encore jamais été rencontrée, cela avait fonctionné.

Ils avaient passé les cinq dernières années à travailler à bord du cargo : ils faisaient la cuisine, le ménage, et se chargeaient des réparations. Le capitaine les laissait même avoir quelques crédits provenant des ventes des marchandises illégales qu'il transportait. Ils économisèrent chaque crédit dans l'espoir de pouvoir acheter leur liberté ou un moyen de s'échapper, en fonction de ce qui se présenterait en premier.

Ce rêve prit fin quand le cargo fut attaqué. Tous les membres de l'équipage furent tués mis à part Aaron et lui. Il ne savait pas pourquoi. C'était peut-être parce que les Marastin Dow, une espèce de type spartiate, n'avaient encore jamais vu d'Humains auparavant d'après ce qu'ils avaient appris au fil des années. Ou cela pouvait être parce que les bâtards violets voulaient prendre leur pied en les tuant. Il ne savait pas, et honnêtement, il avait dépassé le stade d'en avoir quelque chose à faire.

Aaron se leva quand la porte menant aux cellules de détention s'ouvrit. Un grand mâle marastin dow s'avança vers la porte de leur cellule. Il regarda Ben de haut en bas avant de diriger son regard vers Aaron.

— Est-ce que vous me comprenez ? demanda le mâle d'une voix bourrue.

— Oui, répondit Ben.

— Vous ne résisterez pas. Vous ferez ce qu'on vous dit. Vous comprenez ? déclara le mâle.

— Oui, répondit à nouveau Ben.

— Qu'allez-vous nous faire ? demanda Aaron.

Le mâle regarda Aaron.

— Vous travaillerez. Vous ferez profil bas. Et vous vivrez si vous faites attention. Ne faites confiance à personne à moins que je vous dise que vous le pouvez. La majeure partie de l'équipage préférerait vous trancher la gorge pour le plaisir de vous regarder mourir que de vous aider. Si vous faites ce que je vous dis, vous parviendrez peut-être à vivre assez longtemps pour quitter ce vaisseau vivants, expliqua l'homme d'une voix vide d'émotion.

— Pourquoi ? demanda Ben, perplexe. Pourquoi ne vous contentez-vous pas de nous tuer comme vous avez tué le reste de l'équipage ?

L'homme haussa les épaules et détourna brièvement le regard.

— J'ai vu que vous êtes différents, dit-il doucement. J'ai vu la façon dont tu as protégé le plus jeune. Tu n'as pas essayé de le pousser devant toi afin de pouvoir t'échapper. Je veux en apprendre plus sur vous et sur votre espèce. Je ferai ce que je peux pour vous protéger tous les deux en échange d'informations.

— Pourquoi ? demanda à nouveau Ben, pressant le mâle qui se tenait devant lui. Pourquoi voulez-vous en apprendre plus sur nous ?

L'homme rendit à Ben un regard taciturne.

— Je suis un scientifique. J'étudie les autres espèces. Je pense qu'il y a d'autres façons de… vivre. Je veux savoir… je veux les apprendre. D'autres membres de mon espèce veulent la même chose. Vous me donnerez les informations dont j'ai besoin.

— Pendant combien de temps ? l'interrompit Aaron. Pendant combien de temps nous protégerez-vous ?

L'homme soupira finalement.

— Aussi longtemps que je le pourrai ou jusqu'à ce que quelqu'un à bord de ce vaisseau de guerre décide de me tuer, déclara-t-il, résigné. Je suis le Directeur des Affaires Scientifiques. Si quelqu'un d'autre désire obtenir mon poste, mon espérance de vie diminuera considérablement.

— Dans ce cas, je suppose qu'il vaut mieux s'assurer que quelqu'un couvre aussi vos arrières, dit calmement Ben. Au fait, je suis Ben Cooper. Et voici mon frère, Aaron.

Le mâle regarda la main que Ben tendait à travers les barreaux de métal. Il regarda à nouveau le visage de Ben pendant plusieurs longues secondes avant de tendre sa propre main d'un air hésitant. Il sursauta quand Ben la serra avant de la lâcher.

— Ça s'appelle une poignée de main, expliqua Ben. Vous

avez dit que voulez en apprendre plus à propos de notre espèce. Voici votre première leçon. Les Humains se serrent la main pour se dire bonjour.

L'homme regarda sa main, la tournant afin de fixer sa paume avant que ses yeux sombres ne remontent pour étudier Ben et Aaron.

— Je suis Behr De'Mar, le Directeur des Affaires Scientifiques du vaisseau de guerre *Disappearance*. Il vaut mieux que vous restiez aux niveaux que je vous dis le temps que vous appreniez à vous repérer. Les membres de l'équipage à ces niveaux sont des gens en qui j'ai confiance et ce n'est pas une chose facile à trouver parmi les Marastin Dow.

∾

Quatre ans plus tard :
À bord du vaisseau de guerre marastin dow *Disappearance*

Evetta Marquette, Ingénieure Navale de Première Classe, fusilla du regard le grand mâle qui la bousculait dans le couloir désert. Elle s'aventurait rarement loin du poste qui lui était assigné à la salle des machines quand elle travaillait ; aujourd'hui avait été une exception. À vrai dire, durant l'année que sa sœur et elle avaient passé à bord du *Disappearance*, aucune d'entre elles n'avaient quitté les lieux d'affectation qui leur avaient été assignés ou les trois ponts supérieurs où se trouvaient leurs quartiers, le réfectoire, et la salle d'entraînement.

Sa présence ici était due à un détecteur défectueux qu'elle avait reçu l'ordre de remplacer. Le technicien qui se chargeait habituellement de ce genre de choses avait été blessé lors d'un combat la nuit précédente et était alors en train de se faire soigner à l'infirmerie. Cela fit malheureusement qu'elle dû le réparer car c'était elle qui était de service. Evetta réalisa au moment où elle retira la coque de protection extérieure que le détecteur avait été trafiqué. Sa suspicion fut confirmée quand elle se tourna et trouva un énorme mâle debout derrière elle.

Une nausée la traversa quand elle vit le sourire malveillant sur son visage. Elle sut instinctivement qu'il n'y avait qu'une seule issue possible à cette situation : l'un d'eux mourrait. Elle releva le menton et rendit un regard noir, dur, et froid au mâle.

— Va-t'en, ordonna-t-elle en fixant d'un regard d'acier l'ouvrier de maintenance de basse classe.

— Cela fait un moment que je t'observe, dit le grand mâle en souriant. Je te veux.

— Comme c'est dommage. J'ai du travail à faire. Mon grade est aussi supérieur au tien. Je t'ordonne de partir, siffla Evetta d'une voix froide. Je ne le répéterai pas.

— Pas avant que j'obtienne ce que je veux. Tu crois que ton grade va m'arrêter ? Je pourrais te tuer et prendre ton poste, la nargua-t-il en frottant le devant de son pantalon. J'espère que tu aimes quand c'est violent, femelle. J'ai besoin d'un peu de satisfaction, continua le mâle en se rapprochant. Toi et celle qui partage tes quartiers me réchauffez le sang. Cela fait un moment que je t'attends. Vous n'êtes pas comme les autres femelles à bord de ce vaisseau. J'aime ça. Quand j'en aurai fini avec toi, je verrai si l'autre peut aussi m'aider à me calmer les sangs, au moins pour un moment.

— Je te tuerai avant, gronda Evetta, reculant jusqu'à ce que son dos touche presque le mur. Tu ne toucheras aucune d'entre nous.

L'homme se contenta d'émettre un petit rire tandis qu'il décochait un coup de poing vers sa mâchoire. Evetta était prête. Sa sœur et elle s'entraînaient à faire face à ce genre de situation dès qu'elles en avaient l'occasion. Elles essayaient souvent de se faufiler l'une derrière l'autre et de se prendre par surprise. Il leur était nécessaire d'être prêtes à faire face à la tromperie et à la violence si elles voulaient survivre à leur service obligatoire dans l'armée marastin dow.

Evetta se recula brusquement en même temps qu'elle mit un coup de pied botté dans l'entrejambe du mâle. Elle n'attendit pas de voir sa réaction. Elle sortit le petit poids de métal qu'elle avait dans la poche et le frappa derrière la tête à maintes reprises jusqu'à ce qu'il se penche en avant.

Elle ne s'arrêta pas même quand il tomba à genoux et s'écroula ensuite sur le sol. Il la tuerait si elle ne le tuait pas la première. Avec un dernier coup, elle s'éloigna brusquement du sang qui formait une flaque autour de l'homme mort sur le sol. La nausée menaçait de l'étouffer, mais elle la ravala. Elle nettoya avec des mains tremblantes le petit tuyau de métal et autant de sang sur sa peau et sur ses vêtements que possible avant de remettre le tuyau dans sa poche.

Elle jeta un œil aux alentours. Elle n'avait pas besoin de s'inquiéter d'être vue par qui que ce soit à moins que cette personne ne s'approche d'elle. Les Marastin Dow étaient une espèce assoiffée de sang dont les membres se tuaient entre eux sans problème et sans n'en avoir rien à faire.

Elle savait que certains essayaient de changer la façon de vivre des Marastin Dow. Malheureusement, ceux qui régnaient toujours sur leur monde avaient foi en les vieilles mœurs : la loi du plus fort. Elle ne pouvait qu'espérer que cela changerait incessamment sous peu. Elle avait entendu des rumeurs à propos de la rébellion contre leurs dirigeants. Avec un peu de chance, cette rébellion arrêterait ceux qui avaient foi et encourageaient le bain de sang.

Cela n'était quand même que des rumeurs. Hanine et elle détestaient vivre dans la peur. Elles détestaient la menace constante de la violence. Elles avaient été témoins du meurtre brutal de leurs parents quand, des années auparavant, leur père avait été choisi pour participer aux *jeux*, comme on les appelait.

Leur mère s'était battue pour protéger leur père seulement pour se faire tuer pour avoir résisté. Leurs parents croyaient en l'existence d'une meilleure façon de vivre. Ils étaient des marchands dans le commerce d'herbes provenant de différents mondes et avaient rencontré de nombreuses autres espèces durant leurs voyages.

Ils vivaient dans un petit village qui avait déjà commencé à voir que la violence n'était pas une façon normale de vivre. Ce ne fut que lorsque le gouverneur de la région avait été tué par un nouveau que les choses avaient commencé à changer, pour le pire. Leurs parents faisaient entendre leur envie de vivre en paix et cela avait été le début de la fin pour eux.

Une fois que Hanine et elle avaient atteint l'âge d'enrôlement à seize ans, elles avaient été forcées de s'engager pour vingt ans dans l'armée à cause d'une nouvelle loi promulguée par leur gouverneur. Elles en étaient à leur sixième année de service et à leur deuxième mission. Elle n'était pas sûre de savoir si elles tiendraient bien plus longtemps avant d'être violées ou tuées. Elles avaient survécu de justesse à leur dernière mission et celle-ci s'avérait être encore plus difficile. Hanine avait déjà été attaquée deux fois. Cette attaque était la quatrième faite à l'encontre d'Evetta en moins de deux ans.

Evetta prit une profonde inspiration et se tourna pour se diriger vers l'ascenseur. Elle s'arrêta quand elle entendit l'écho de voix venant dans sa direction. Elle jeta un coup d'œil aux alentours avant de se tourner pour partir dans la direction opposée. Elle ne s'était jamais rendue aux ponts inférieurs. Il semblait qu'elle était alors sur le point d'en avoir l'occasion.

∿

Une heure plus tard, Evetta s'appuyait sur le côté de la cloison et soupira. Elle avait serpenté à travers les couloirs, évitant les autres membres de l'équipage. Elle se repoussa du mur et fronça les sourcils quand elle entendit le son inhabituel de musique résonnant à travers le couloir vide. Les accords envoûtants l'enveloppèrent, comme si des cordes invisibles la tiraient vers la mélodie. Elle s'avança lentement et d'un pas hésitant vers le son.

Elle s'arrêta à l'entrée d'une petite pièce et pencha la tête sur le côté, émerveillée. Un étrange mâle extraterrestre était assis sur une chaise contre le mur. Ses pieds étaient appuyés sur une autre chaise et il soufflait dans un petit appareil de métal qui faisait de la belle musique.

Ses yeux parcoururent avidement sa tête penchée. Il ne savait pas qu'elle était là, ou du moins, elle ne pensait pas qu'il le savait vu qu'il n'avait pas changé de position. Elle entra avec précaution dans la pièce, voulant mieux voir son visage. Ses cheveux étaient brun foncé, longs, et ébouriffés. Leurs pointes étaient irrégulières, comme s'il se les était coupé tout seul. Sa peau était naturellement bronzée, et des poils d'un brun plus foncé recouvraient ses avant-bras. Il était grand. Aussi grand que les mâles de son espèce et il était tout aussi musclé si la coupe de sa chemise était une quelconque indication.

Elle se figea quand il leva les yeux vers elle. Il ne s'arrêta pas de jouer la chanson qu'il jouait. Ses yeux brun foncé lui rendirent son regard avec intensité tandis qu'il continuait à jouer la mélodie insolite. Elle commença à reculer mais se força à rester où elle était.

Ses yeux scrutèrent le visage brut du mâle insolite. Ses pommettes étaient hautes et son nez était long, étroit, et légèrement tordu au milieu. Une barbe foncée de trois jours recouvrait ses joues, sa mâchoire et le contour de sa bouche. Ses longs doigts se déplaçaient avec une grâce qui la fascinait tandis qu'elle le regardait les faire glisser sur le métal argenté, lui faisant se demander quelle serait la sensation de les avoir sur sa peau.

Ses lèvres s'ouvrirent alors que les dernières notes mouraient, les laissant dans le silence. Ses yeux remontèrent vers les siens quand il baissa lentement l'instrument dans ses mains et se leva. Elle fut incapable de s'empêcher de faire un pas défensif en arrière quand il se redressa de toute sa hauteur. Il faisait au moins une tête de plus qu'elle.

— Qui… qu'es-tu ? demanda Evetta d'une voix qu'elle ne reconnut pas comme étant la sienne.

Quand avait-elle déjà été si à bout de souffle près d'un mâle ?

Elle fronça les sourcils.

— D'où viens-tu ?

2

*B*en avait su qu'elle était là dès l'instant où la femelle était entrée dans la petite pièce dont il se servait quand il voulait être seul. La pièce avait un petit hublot, deux chaises, et rien d'autre. Pas grand-chose d'autre ne pourrait tenir dans l'espace étroit à moins qu'il ne retire les chaises.

Il avait l'habitude d'avoir d'occasionnels visiteurs quand il jouait de l'harmonica. C'était la seule chose, mis à part Aaron, qui lui restait comme souvenir de la Terre. C'était le dernier cadeau que leur mère lui avait donné avant de lui tapoter la tête, d'embrasser Aaron, et d'ensuite partir pour ne jamais revenir.

Il jouait Red River Valley. C'était la première chanson qu'il avait appris à jouer. Il y avait quelque chose à propos de la mélodie ensorcelante qui le touchait les jours où il se sentait mélancolique. Au fil des années, il avait appris d'autres chansons dont il se rappelait vaguement pour les avoir entendues sur Terre et en avait inventé de nouvelles. C'était une des choses qui l'aidaient à ne pas devenir fou.

Il continua pour finir le refrain, prolongeant les dernières

notes avant de tourner son attention vers sa visiteuse inattendue. Behr faisait très attention à qui se rendait dans les
sections inférieures du vaisseau. Le reste de l'équipage des
niveaux inférieurs et lui étaient très méfiants envers n'importe quel membre de l'équipage qui descendait sans d'abord
se faire contrôler. Étant donné que Ben n'avait jamais vu
cette femelle auparavant, il suspecta qu'elle avait réussi à
descendre sans qu'ils le sachent. Behr était très consciencieux
en ce qui concernait présenter Aaron et Ben à qui que ce soit
de nouveau ou les avertir de qui ils devaient éviter.

Son regard parcourut la femme. Sa réaction à elle le
surprit. Il avait rencontré quelques autres femmes à bord au
fil des ans mais il ne s'était jamais instantanément senti attiré
par aucune d'entre elles de la façon dont il se sentait face à
cette femme. Curieux, il la parcourut à nouveau du regard,
essayant de comprendre ce qui était différent chez elle.

— Est-ce que je peux t'aider ? demanda Ben en se levant
et en baissant les yeux vers la femme mince.

— Je... qui es-tu ? Qu'es-tu ? demanda-t-elle à nouveau
d'une voix confuse et hésitante.

L'ombre inattendue d'un sourire se dessina sur les lèvres
de Ben. Il ne se souvenait pas de la dernière fois qu'il avait eu
envie de sourire. La femme ne semblait pas non plus avoir
l'habitude de voir des sourires d'humour si la façon dont elle
avait fait un pas hésitant en arrière et l'expression méfiante
avec laquelle elle le fixait étaient une quelconque indication.

Il l'étudia calmement tandis qu'elle l'étudiait aussi. Elle
était attirante pour une extraterrestre. Il n'aurait jamais cru
un jour être attiré par quelqu'un à la peau *violette*, mais il y
avait quelque chose chez la femelle qui lui donnait envie de
tendre la main et de la toucher.

Elle avait les yeux les plus incroyables qu'il ait jamais vus.
Ils étaient sombres, presque noirs, et brillaient d'une curiosité timide. Elle avait de longs cheveux noirs qui avaient l'air

épais et brillants et qui pendaient dans une longue tresse dans son dos. Il ne put s'empêcher de se demander de quoi ils auraient l'air détachés. Pendant un bref instant, l'image d'elle allongée sur son lit, ses cheveux étalés sur son oreiller lui traversa l'esprit et il sentit la réaction de son corps face à elle. Cette image et sa réaction fit grandir encore plus sa curiosité à son égard.

Quand elle se mordit la lèvre inférieure, il combattit le désir ardent de l'apaiser d'un baiser. Il sentit sa verge durcir encore plus à cette idée. Une sombre moue de confusion se dessina sur son visage alors qu'il essayait de comprendre pourquoi il réagissait de cette façon. Bien sûr, cela faisait des années depuis la dernière fois qu'il avait profité du corps d'une femme, mais il avait l'habitude de gérer ses désirs soit tout seul soit en travaillant dur afin d'arrêter de penser à ses désirs sexuels.

— Eh bien, demanda soudain la femme, rougissant quand elle réalisa qu'il avait remarqué qu'elle le fixait avec curiosité. Est-ce que tu vas me répondre ?

Ben gloussa en réaction à son ton irrité.

— À vrai dire, j'étais en train de penser à quel point j'ai-merais t'embrasser, admit-il d'une voix légèrement taquine. Au fait, mon nom est Ben Cooper. Je suis un humain. Et tu es ?

Elle eut l'air surprise avant qu'un sourire réticent ne se dessine sur ses lèvres.

— Je suis Evetta Marquette, Ingénieure Navale de Première Classe.

— Est-ce que tu aimerais t'asseoir ? demanda Ben en faisant un pas sur le côté afin qu'elle puisse s'asseoir sur l'une des deux chaises. J'ai bien peur de ne pas avoir de rafraîchis-sements à offrir.

— Tu… Evetta jeta nerveusement un coup d'œil à la chaise avant de regarder à nouveau Ben. Tu as dit que tu

pensais à m'embrasser mais tu n'essayes pas de me poursuivre de tes assiduités. Pourquoi ?

Ben grimaça mais ne détourna pas le regard.

— Je ne crois pas au fait de poursuivre mes assiduités sur
une femme. Une femme a le droit de choisir. Je la préfère
consentante et animée de désir. Je trouve ça bien plus satis-
faisant si cela lui plaît.

Evetta fit un pas prudent dans sa direction.

— Je veux que tu m'embrasses, dit-elle soudainement.
Mais rien de plus, se hâta-t-elle d'ajouter.

Les yeux de Ben s'écarquillèrent de surprise avant de s'as-
sombrir de désir. Ses yeux descendirent vers ses lèvres. Bien
que sa lèvre supérieure soit fine, sa lèvre inférieure était
pleine et pulpeuse. Il réprima un gémissement quand sa
langue sortit rapidement pour l'humidifier. Il secoua la tête
et serra les poings.

— Je ne pense pas que cela soit une bonne idée, Evetta,
répondit doucement Ben avant de se tourner pour regarder
l'obscurité de l'espace à travers le petit hublot.

— Pourquoi ? Tu ne veux plus m'embrasser maintenant ?
Tu ne me trouves pas… attirante ? demanda-t-elle d'une voix
confuse. Est-ce que c'est parce que je suis différente de ton
espèce ?

Ben se raidit et baissa la tête. Comment pouvait-il expliquer qu'il avait peur de la toucher ? Et s'il ne parvenait pas à
s'arrêter après seulement un baiser ? Cela faisait plus de
quatre ans depuis la dernière fois qu'il avait été avec une
femme. Cela avait été avec une pute que le capitaine avait
ramenée pour Aaron et lui avant qu'ils ne quittent le dernier
spatioport. Evetta n'était pas une pute dont on pouvait
profiter, c'était évident. Elle n'était pas non plus un androïde
sexuel dénué d'émotions dont chacun des membres de
l'équipage se servait durant les longs trajets entre passage à
quai. Quelque chose lui disait qu'il ne serait pas capable de

simplement la mettre de côté une fois qu'il se serait détendu.

Ben s'éclaircit la voix avant de se retourner.

— Cela fait longtemps que je n'ai pas été avec une femme, expliqua-t-il d'une voix bourrue. Tu es une femme très attirante, Evetta. Je pense qu'il serait mieux que je garde mes distances.

Il regarda ses yeux s'écarquiller de surprise avant qu'elle ne fronce les sourcils de concentration. Il pouvait voir qu'elle se disputait avec elle-même. Ses lèvres bougeaient d'une façon quasi imperceptible et elle repoussa impatiemment une mèche de cheveux derrière son oreille. Ses yeux se plissèrent quand il entraperçu un peu de sang séché sur sa main.

Il tendit la main et prit la sienne, ignorant la façon défensive dont elle se raidit. Il tint sa main fine dans la sienne, la tournant jusqu'à ce que ses jointures soient vers le haut afin qu'il puisse mieux les voir. Elles semblaient légèrement contusionnées mais il ne vit aucune coupure.

— Tu saignes, murmura-t-il. Que s'est-il passé ?

Evetta essaya de tirer d'un coup sec sur sa main mais il refusa de la lâcher. Maintenant qu'il la touchait, il ne voulait plus jamais la lâcher. Sa peau était étonnamment douce. Il fit doucement glisser son pouce sur ses jointures contusionnées.

— Ce n'est pas mon sang, admit-elle finalement d'une petite voix.

Ben leva rapidement les yeux vers elle.

— À qui appartient-il ? demanda-t-il.

Evetta baissa nerveusement les yeux vers la main qu'il tenait. Elle ne savait pas vraiment si elle devait lui parler de ce qu'il s'était passé. Et s'il en parlait aux officiers supérieurs ? Ils n'en auraient fort probablement rien à faire, mais ils pourraient demander quelque chose en échange de leur silence, comme pouvoir user de son corps par exemple.

Elle en avait entendu parler et l'avait aussi vu se produire bien trop de fois durant les six dernières années. Une femelle qui faisait partie de son département durant sa dernière mission avait été attaquée par un des ingénieurs. La femelle l'avait tué en légitime défense, tout comme elle l'avait fait. Seulement, un des officiers supérieurs plus haut gradés avait été témoin de ce combat. Il avait exigé que la femelle paye réparation pour la perte du mâle ou qu'elle fasse face à la mort. Trois mois plus tard, la femelle était revenue mais elle n'était plus que l'ombre de qui elle avait été fut un temps. Les officiers l'avaient utilisée. Elle avait été transférée sur un autre vaisseau de guerre peu après cela, quand elle avait tué l'officier supérieur.

— J'ai tué un mâle, murmura-t-elle. Trois niveaux plus haut. Il a désactivé un détecteur et j'ai été envoyée pour le réparer. Il est arrivé derrière moi et m'a attaquée. Je savais que si je ne le tuais pas, il me tuerait après m'avoir… sa voix s'estompa face au souvenir et à l'idée de ce qui pourrait lui arriver si elle ne faisait pas attention.

Ben sentit le tremblement dans la main d'Evetta quand elle lui admit qu'elle venait de tuer un homme. Il connaissait assez les lois des Marastin Dow pour savoir que les répercussions n'auraient rien à voir avec la justice. C'était une des choses sur lesquelles Behr et les autres travaillaient ; ils voulaient créer une constitution pour protéger le peuple des injustices exercées par ceux au pouvoir.

Il avait partagé avec Behr un peu de ce dont il se souvenait des États-Unis et de plusieurs autres pays. Il n'avait pas été le meilleur des étudiants quand il vivait sur Terre, mais il adorait l'histoire et se souvenait d'une fiche de lecture qu'il avait écrite dans laquelle il comparait les structures politiques de plusieurs pays différents. Behr travaillait aux côtés de plusieurs officiers et membres du personnel enrôlés au développement d'une constitution similaire pour leur peuple.

Durant les quatre dernières années, Aaron et lui avaient tous les deux appris à lire, à écrire, et à parler la langue des Marastin Dow grâce à Behr. En retour, Aaron et lui les aidaient à attiser les feux d'une révolution. Behr leur avait demandé à tous les deux à maintes reprises de jeter un œil à l'ébauche et de la commenter. Pour la première fois en plus de dix ans, Aaron et lui avaient eu l'impression que leur kidnapping servait une plus grande cause.

Ben cligna des yeux et revint au présent quand il sentit la main d'Evetta trembler à nouveau. Il détestait le petit soupçon de peur dans sa voix. Il pouvait sentir qu'elle avait peur alors même qu'elle essayait de le cacher. Ne sachant pas vraiment comment exprimer ses sentiments de compassion, il attira tendrement son corps fin dans ses bras et la serra fort.

Ben ferma les yeux tandis qu'il posait son menton sur le haut de ses cheveux soyeux. Il voulait frotter sa joue contre les douces mèches mais il ne voulait pas lui faire peur. Elle avait subi assez de choses sans qu'il ne lui impose ses désirs à son propos. Cela serait un effort vain de toute façon. Il n'avait rien à lui offrir. Il n'avait pas de futur, aucun espoir de quoi que ce soit mis à part de doutes et d'une vie au sein des plus bas niveaux d'un vaisseau de guerre extraterrestre. Diable, il n'avait même pas de chambre particulière pour lui offrir de l'intimité.

Non, pensa-t-il au désespoir tandis que ses bras se resserraient autour d'elle. *Je n'ai rien à lui offrir si ce n'est un moment de compassion et de réconfort.*

3

*H*anine Marquette fronça les sourcils et balaya sa zone de travail du regard. Mis à part un seul objet qui n'était pas là tout juste quelques minutes auparavant, elle était exactement comme elle l'avait laissée. Son bureau, si elle pouvait l'appeler ainsi, était dans une petite pièce avec rien d'autre que le système de surveillance informatique et une chaise. Elle travaillait comme programmeuse et était sacrément douée dans ce qu'elle faisait. À vrai dire, elle était bien plus douée que ses officiers supérieurs en avaient conscience, et c'était exactement ce qu'elle voulait.

Elle n'était peut-être assignée qu'à l'humble poste d'Ingénieure Programmeuse de Troisième Classe mais elle était bien plus compétente que ses pairs. Elle avait appris tôt dans sa carrière que quand les autres sous-estimaient qui vous étiez et ce dont vous étiez capables, ils devenaient négligents. Ils parlaient trop et l'ignoraient quand elle était dans les parages. Ils l'avaient aussi laissée seule dans sa petite pièce où elle était censée surveiller les systèmes du vaisseau.

Ils ignoraient complètement qu'elle avait créé un programme qui pouvait lui permettre de prendre le contrôle

du vaisseau de guerre tout entier si elle le voulait. Ils ignoraient aussi qu'elle avait développé d'autres scripts de
programmation qui pouvaient désactiver les systèmes et
protéger leurs mouvements à sa sœur et elle. Elle était
actuellement en train de travailler sur un appareil qui lui
permettrait de se téléporter sur de courtes distances sans être
détectée.

Non, ce qui la dérangeait en ce moment, c'était le petit
objet sur son bureau. Cet objet, et les douzaines d'autres
qu'elle avait trouvés n'apparaissaient que lorsqu'elle était de
service. Elle faisait habituellement des petites pauses uniquement pour se soulager ou pour faire les vérifications horaires
requises dans l'autre pièce. Le nombre de fois où elle avait
essayé de varier les horaires n'avait aucune importance, les
petits objets apparaissaient comme par magie. Elle en avait
même trouvé quelques-uns dans sa couchette dans ses
quartiers.

Elle était frustrée car elle avait installé un système de
surveillance pour voir qui entrait et sortait de la pièce.
Jusqu'alors, elle n'avait pas réussi à capturer qui que ce soit
n'étant pas affecté à la zone.

Même le système qu'elle avait installé dans leurs quartiers
privés montrait que personne n'y entrait mis à part Evetta et
elle. Elle avait spécifiquement programmé la porte de façon à
ce que personne d'autre ne puisse entrer à part elles et elle
changeait le mot de passe régulièrement.

— D'où viennent-ils ? marmonna-t-elle entre ses dents.

Hanine fit prudemment tourner la forme délicate dans sa
main. Celle-ci avait la forme d'une douce créature volante
rose. La créature finement pliée était faite du même matériau
que les autres. Elle était faite de fibres de tissus mélangées,
aplaties et ensuite séchées. Elle en avait fait analyser un
quand ils avaient commencé à apparaître plusieurs mois
auparavant.

Elle déplia précautionneusement la créature. Elle détestait le fait de la détruire, mais sa curiosité avait été attisée quand elle avait entraperçu une lettre imprimée sur le bout d'une aile. S'assurant de ne pas déchirer le matériau, elle s'enfonça dans une chaise et travailla au dépliage de la forme. Elle fut rapidement capable de lire le message écrit sur le carré froissé.

Est-ce que je peux te garder ? Pour toujours ?

Hanine eut le souffle coupé face à ces simples mots. Ses doigts tremblèrent alors qu'elle les suivit avec attention. Elle se mordit la lèvre pour empêcher un sourire d'apparaître. Quiconque faisait cela la rendait folle de curiosité.

— Qui es-tu ? murmura-t-elle en secouant la tête. Comment parviens-tu à passer mes détecteurs sans te faire remarquer ?

∾

Aaron Cooper s'allongea dans le conduit d'aération au-dessus du bureau de la femme dont il rêvait depuis la première fois qu'il l'avait vue alors qu'elle travaillait dans l'un des conduits de maintenance quatre mois auparavant. Il était tombé amoureux d'elle au moment où elle avait levé ses beaux yeux foncés au ciel face aux deux femmes qui l'insultaient.

Ses lèvres se courbèrent en un sourire alors qu'il se remémorait son visage quand les deux femmes étaient parties. Elle avait tiré la langue et fait une grimace avant de se remettre au travail. Il était évident qu'elle se fichait totalement de ce que qui que ce soit pensait d'elle. Cela avait attisé sa curiosité, il avait donc commencé à l'observer.

Il avait découvert peu après que Behr l'ait confié à l'un des ouvriers de maintenance qu'il était plus simple de se déplacer dans le vaisseau en utilisant le labyrinthe de tunnels de maintenance. Quand son mentor avait été réassigné à un autre vaisseau de guerre, Behr avait suggéré qu'Aaron prenne sa relève à l'entretien des détecteurs et de l'installation électrique. Aaron avait accepté sans hésiter étant donné que cela lui permettrait de s'aventurer hors des niveaux inférieurs.

Il se retint de glousser quand il entendit ses paroles murmurées de frustration. Il avait toujours aimé les origamis. Ben lui avait donné un livre à leur sujet quand il avait cinq ans dans l'espoir de l'aider à apprendre à lire. Durant les quatre derniers mois, il avait créé tous les types d'animaux et de formes dont il pouvait se rappeler et les avait donnés à Hanine.

Hanine. Son nom est tout aussi beau qu'elle, pensa-t-il tandis qu'il se remémorait l'avoir entendu pour la première fois plusieurs mois auparavant.

Il ferma les yeux et visualisa son visage dans son esprit. Il aurait aimé pouvoir la toucher en vrai. Elle avait des cheveux noirs et courts qui dansaient autour de son visage pendant qu'elle parlait. Elle était toujours si animée quand elle était avec sa sœur ou quand elle pensait que personne ne la regardait. Il adorait l'observer durant ces moments spontanés.

Elle était d'un violet plus clair que sa sœur. Sa peau était d'un violet plus doux et il parierait le peu de crédits qu'il possédait que sa peau était toute aussi douce que sa couleur. Elle avait un long nez étroit et des lèvres douces et pulpeuses qui suppliaient d'être embrassées. C'était ses yeux, cependant, qui le retenaient prisonnier à chaque fois qu'il la voyait. Ils étaient en amande et entourés par les cils les plus foncés qu'il ait jamais vus. Il avait l'impression de pouvoir se noyer dans leurs sombres profondeurs.

Avec un soupir de regret, il entendit le prochain membre d'équipage venir prendre sa relève. Elle se rendrait au réfectoire, récupérerait des repas pour sa sœur et elle et retournerait dans leurs quartiers. Elles ne mangeaient jamais avec les autres membres de l'équipage. Il aurait tout juste assez de temps pour lui laisser un nouvel origami. Il lui avait fait une girafe cette fois.

Poussant contre le sol, il se releva silencieusement et se hâta de partir. Il la rencontrerait un jour, même si c'était seulement pour la regarder se détourner de lui avec dégoût. Il savait qu'il n'avait rien de semblable aux mâles de son espèce. Bien que Behr et les autres faisaient de leur mieux pour les traiter comme leurs égaux, Aaron savait que Ben et lui seraient toujours considérés comme étant différents.

Jusqu'à ce jour, pensa-t-il, *jusqu'au jour où elle me verra, je serai le fantôme qui l'aime de loin.*

4

*B*en soupira quand il sentit le corps chaud dans ses bras finalement se détendre contre lui. Il frotta tendrement son menton contre les cheveux soyeux d'Evetta. Un petit gémissement lui échappa quand il sentit ses bras fins glisser le long de son torse. Il commença à la lâcher, pensant qu'elle le repoussait, avant que ses yeux ne s'ouvrent brusquement de surprise quand ses bras s'arrêtèrent sur ses larges épaules.

— Je ne comprends pas pourquoi, mais je veux que… tu m'embrasses, murmura Evetta. Je n'ai jamais ressenti de désir ardent comme cela auparavant. Quel pouvoir ton espèce possède-t-elle qui me donne envie de te toucher, de te goûter, de te… tenir ?

Ben s'éloigna juste assez pour pouvoir plonger dans ses yeux perplexes. Avec un autre gémissement, il baissa la tête et captura ses lèvres. Il profita du moment où elle s'ouvrit pour lui pour approfondir le baiser. Son goût était aussi doux qu'il avait su qu'il le serait dès l'instant où il l'avait vue dans l'embrasure de la porte.

Il rompit le baiser quand elle enfonça ses mains dans ses

cheveux. Le son de son petit gémissement de frustration fit remuer quelque chose en lui. Il couvrit sa tempe de baisers apaisants avant de descendre le long de son visage jusqu'à sa mâchoire. Il voulait goûter chaque partie d'elle.

— Ben ! appela une voix sévère et profonde, les surprenant.

Ben mit son corps devant Evetta pour la protéger alors qu'il se tournait vers le mâle qui se tenait, les sourcils froncés, dans l'embrasure de la porte. Bien qu'il savait qu'il s'agissait de Behr, il ne relâcha pas sa posture défensive. Il n'avait aucune idée de ce que l'immense mâle marastin dow ferait à leur visiteuse inattendue. Il se détendit quand il vit que c'était de la surprise et non de la colère qui avait assombrit la voix de Behr.

— Voici Evetta, dit Ben d'une voix calme.

— Je sais qui elle est, répondit Behr en fronçant fortement les sourcils. Ce que je ne comprends pas, c'est pourquoi elle est ici.

Il s'arrêta un moment avant que ses yeux ne se plissent en la regardant.

— À moins que tu sois responsable de la mort de l'ouvrier de maintenance que mes hommes ont trouvé trois niveaux plus haut.

Evetta trembla et se serait éloignée si les bras de Ben ne s'étaient pas resserrés autour d'elle. Elle pencha la tête sur le côté d'un air de défi, refusant de céder. Elle se battrait avant d'autoriser l'officier se tenant devant elle à la malmener pour s'être défendue.

— Il m'a attaquée. Je me suis défendue, répondit durement Evetta. Si je ne l'avais pas tué, il m'aurait soit attaquée soit tuée une autre fois.

Evetta regarda le Directeur des Affaires Scientifiques l'observer. Ses yeux n'avaient pas cet air froid et calculateur qu'elle avait vu dans ceux d'autres. Elle avait plutôt l'impression qu'il retirait une à une les couches de protection dont elle s'était entourée afin de pouvoir voir les profondeurs de son âme. Elle dut finalement détourner le regard. Elle avait peur qu'il voie la peur tapie au fond d'elle et qu'il s'en serve contre elle.

— Evetta, murmura Behr, attendant qu'elle le regarde à nouveau. Il est important que tu ne mentionnes pas être descendue ici ou avoir vu Ben. Un grand nombre des autres officiers ont oublié qu'il était là. Cela serait dangereux pour son frère et lui si les autres avaient connaissance de leur existence.

Evetta leva des yeux étonnés quand elle entendit la chaleur dans la voix du Marastin Dow. Les mâles marastin dow parlaient rarement, voire jamais, d'une telle façon. À vrai dire, les seuls mâles qu'elle se souvenait avoir entendu parler ainsi étaient son père et les autres de leur village qui étaient à la recherche d'une façon de vivre qui n'incluait pas la violence.

— Je n'en parlerai à personne. Serait-il... serait-il possible de ne pas faire de rapport sur ce qu'il s'est passé au-dessus ? elle se mordit la lèvre avant de regarder à nouveau Ben. J'aimerais aussi savoir comment tu t'es retrouvé ici.

Ben jeta un rapide coup d'œil à Behr qui hocha la tête.

— Tu ferais aussi bien de lui dire. Je vais demander à une des femelles de mon personnel de l'escorter à son niveau dans un petit moment. En attendant, garde-la ici pendant que je fais savoir aux autres qu'elle n'est pas une menace, dit Behr. Je leur demanderai aussi de se débarrasser du corps. Il sera rendu compte que l'ouvrier de maintenance a eu une réaction allergique à quelque chose qu'il a mangé.

— Merci, répondit Ben en enroulant son bras de façon protectrice autour de la taille d'Evetta.

Evetta regarda Behr hocher une fois la tête avant de se tourner pour partir. Elle se retourna vers Ben, réalisant soudain qu'elle s'enfonçait dans son étreinte. Elle recula à contrecœur et joignit ses mains devant elle.

— Alors, comment t'es-tu retrouvé ici et quel pouvoir ton espèce possède-t-elle qui me fasse réagir à toi ? demanda Evetta en levant le menton avec détermination afin de comprendre pourquoi elle voulait si désespérément être à nouveau dans ses bras.

Ben émit un petit rire et leva la main pour effleurer sa joue du dos de ses jointures. Il aimait la façon dont elle se laissait inconsciemment aller vers son toucher. Une vague de désir inattendu le heurta brutalement. Il la voulait. L'intensité inattendue du besoin et de l'instinct de protection le troublait.

— C'est une longue histoire, mais elle est intéressante. Je serais heureux de la partager avec toi si tu voulais l'entendre, murmura-t-il en laissant tomber sa main le long de son corps et en faisant un signe de tête en direction de l'une des chaises. En ce qui concerne le pouvoir que j'ai qui te fait réagir à moi de cette façon, je pourrais te demander la même chose. Je n'ai jamais ressenti ça pour une femme auparavant. C'est peut-être toi qui as le pouvoir.

Evetta sentit la chaleur lui monter aux joues. Elle pencha la tête en avant pour cacher la soudaine sensation de timidité qui l'envahissait. Elle prit une profonde inspiration, expira, puis se rendit vers la chaise que Ben lui avait montrée.

Durant l'heure qui suivit, Ben parla à Evetta de leur vie, à Aaron et lui, avant et après leur enlèvement. Il essaya de raconter uniquement les choses amusantes qui s'étaient produites, mais il se retrouva rapidement à lui parler égale-ment de certains des moments plus sombres. Il ne comprenait pas pourquoi il partageait des choses qu'il n'aurait jamais partagées avec qui que ce soit mis à part Aaron. C'était comme si une simple question posée doucement avait ouvert une écluse.

Il se retrouva bientôt à lui poser lui aussi des questions. Il écouta Evetta partager d'un ton hésitant l'histoire de leur vie, à sœur Hanine et elle, avec lui. Il fut surpris par la rage silencieuse qui grandit en lui quand elle lui parla de la mort de sa mère et de son père et de l'enrôlement dans l'armée qui suivit. Il savait grâce à ce qu'il avait appris de Behr et des autres guerriers à quel point la vie à bord des vaisseaux de guerre était dangereuse, en particulier pour les recrues femelles.

Behr revint bien trop tôt avec Inez, une des médecins femelles. Ben se leva à contrecœur de sa chaise. Il ne voulait pas qu'Evetta parte, mais il savait qu'ils n'avaient pas le choix. Elle devait retourner à ses obligations à la salle des machines ou quelqu'un pourrait commencer à se poser des questions. Il combattit le désir de lui demander de la revoir. C'était une situation sans espoir. Il n'avait non seulement rien à lui offrir, mais leurs jours, à Aaron et lui, étaient aussi comptés. Un jour, quelqu'un dirait quelque chose et attirerait l'attention des autres officiers sur eux. Rien ne saurait dire ce qui leur arriverait alors.

Ben jeta un coup d'œil à Behr et Inez avant de se retourner vers Evetta qui s'était aussi levée.

— Je… commença-t-il à dire avant de finir par jurer.

Il prit une profonde inspiration avant de finalement la relâcher.

— Fais attention à toi, dit-il d'une voix bourrue.

— Ne t'en fais pas, répondit-elle doucement avant de se rendre vers la porte où Inez l'attendait.

Evetta se tourna pour regarder Ben.

— J'aimerais te revoir.

Ben se tint raide, les poings serrés le long de son corps. Il savait qu'il devrait lui dire non. Il savait que c'était trop dangereux pour eux deux, mais il était incapable de résister. Il devait la revoir.

— Je veux aussi te revoir, répondit-il doucement.

Dès l'instant où il vit le petit sourire qui fit se relever ses douces lèvres et l'étincelle de plaisir timide dans ses yeux, il sut que le risque en valait la peine. Il se battrait contre tous les guerriers à bord pour avoir une chance de passer ne serait-ce que quelques minutes en sa compagnie. Il ignora Behr et Inez qui se tenaient à les fixer depuis l'autre côté de la porte. Il s'avança, tira Evetta dans ses bras et écrasa ses lèvres sur les siennes dans un baiser sauvage et protecteur avant de la lâcher.

Ben ravala un hurlement de rage tandis qu'il regardait Evetta s'éloigner de lui. Il serra à nouveau les poings quand il sentit la main de Behr sur son épaule l'empêcher de la suivre. Prenant une profonde inspiration, il lutta pour retrouver le calme qu'il avait mis des années de travail à acquérir.

— Tu sais que ce sera dangereux si tu la revois, commenta Behr.

— Je suis un homme, pas une machine, bon sang. Certaines choses dans la vie valent la peine de faire face au danger, répondit Ben d'une voix froide et calme.

Il haussa les épaules pour en faire glisser la main de Behr et recula. Il se tourna et se replia dans le couloir menant aux salles d'entraînements inférieures installées par Behr et les autres guerriers. Il avait besoin d'évacuer une partie de sa frustration. Vu qu'Aaron n'avait pas fini de travailler, il devrait se contenter de pousser son corps dans une difficile séance d'entraînement.

*O*ù est-ce que tu vas ? demanda Hanine en fronçant les sourcils. Cela fait une semaine que tu disparais tous les jours après avoir fini de travailler.

Evetta leva les yeux vers sa sœur et haussa les épaules.

— Je suis fatiguée d'être cloîtrée dans nos quartiers. Je fais un peu d'exploration.

— Evetta, dit doucement Hanine. Il n'est pas sûr de se balader dans le vaisseau. Tu pourrais te faire attaquer… ou pire.

— Je n'aurai pas de problème, répondit Evetta en resserrant la courroie de l'étui à couteau sur sa jambe. Je ferai attention.

— Que se passe-t-il ? Tu ne m'as jamais rien caché auparavant, mais je peux sentir qu'il y a quelque chose de changé chez toi. Parle-moi, supplia Hanine en se mettant devant Evetta. S'il te plaît. Je ne pourrais pas le supporter si quelque chose t'arrivait.

Evetta se mordit la lèvre et fixa sa petite sœur pendant plusieurs longues secondes avant de relâcher sa respiration. Elle savait qu'elle devait rassurer sa sœur et lui dire qu'elle n'était pas en danger, mais comment pouvait-elle le faire sans révéler où elle allait ? Elle savait qu'elle pouvait faire confiance à Hanine mais la peur que quelque chose arrive à Ben était encore plus grande que cela.

— Tu dois me promettre de ne mentionner cela à personne, marmonna finalement Evetta entre ses dents. Tu dois me le promettre, Hanine. C'est une question de vie ou de mort.

Evetta sentit le regard fixe et inquiet de sa sœur. Elle attendit que Hanine hoche la tête avant de se détendre. Soupirant de soulagement, elle enroula ses bras autour de Hanine et lui fit un gros câlin avant de reculer.

— J'ai rencontré un homme. Il est différent de tous les mâles que j'ai rencontrés auparavant, murmura Evetta. Il me fait ressentir des choses au plus profond de moi, Hanine. Je ferais n'importe quoi pour le protéger.

— Tu as rencontré un… qui… Evetta, balbutia Hanine, choquée.

Evetta secoua la tête.

— Il est différent, Hanine. Il n'est pas comme nous. Il est d'une espèce différente. Son nom est Ben Cooper et je tiens énormément à lui.

— Qu'est-ce que tu veux par une espèce différente ? Pourquoi est-ce que je ne l'ai jamais vu ? D'où vient-il ? demanda Hanine avant que ses yeux ne se plissent de détermination. Je veux le rencontrer.

— Hanine, commença Evetta, exaspérée.

— Non ! Je veux le rencontrer, Evetta, insista Hanine. Je dois savoir que tu es en sécurité avec lui.

Les yeux d'Evetta s'adoucirent tandis qu'elle pensait à quel point Ben était tendre et protecteur avec elle. La semaine qui venait de s'écouler avait été comme un rêve. Elle le rencontrait chaque jour dans l'un des tunnels d'accès après le travail. Ils variaient leurs lieux de rencontre afin de réduire les chances de se faire prendre.

Chaque nuit, il l'emmenait dans un endroit différent des niveaux inférieurs. Une nuit, il avait préparé un repas simple. Ils avaient dîné et ensuite parlé pendant des heures. Une autre nuit, il avait joué sa musique pour elle. Elle adorait l'écouter. La nuit précédente, il l'avait embrassée jusqu'à ce qu'elle ait la tête qui tourne. Elle le voulait. Ce soir-là, elle s'assurerait qu'il sache à quel point elle tenait à lui.

Evetta regarda sa sœur.

— Je l'aime, Hanine. Je veux être avec lui.

Hanine haleta et recula.

— Evetta, tu en es sûre ?

— Oui, murmura doucement Evetta. Je n'ai jamais été plus sûre de quoi que ce soit de ma vie.

Hanine regarda le visage de sa sœur s'adoucir. Elle pouvait voir qu'Evetta était sincère. Elle tenait vraiment à ce mâle « extraterrestre ». La peur lui tordit les entrailles. Qu'arrive-rait-il à sa sœur si les autres le découvraient ? Serait-elle tuée tout comme leur mère ?

— Je veux le rencontrer, répondit Hanine. Je ferai ce que je peux pour vous protéger, ton mâle et toi. Tu as ma loyauté tant qu'il est celui que tu désires et qu'il ressent la même chose pour toi. Mais sache une chose, Evetta, si je découvre qu'il t'utilise, je lui trancherai la gorge.

Hanine regarda le visage d'Evetta s'illuminer d'amusement.

— Tu verras qu'il ne m'utilise pas, Hanine. Tu l'aimeras autant que moi. Juste ne… ne le juge pas sur son apparence. Il est très différent de nous, supplia doucement Evetta.

Hanine ne put s'empêcher de penser à son admirateur

insolite. Elle avait soigneusement caché les petites créatures hors de vue, mais elle gardait le petit carré rose de la semaine précédente avec elle à tout moment.

Est-ce que je peux te garder ? Pour toujours ?

Les mots étaient gravés dans son cœur aussi assurément que si la personne qui lui avait donné la petite créature avait été un talentueux chirurgien. Chaque jour, elle trouvait une créature différente. Chaque jour, elle devenait de plus en plus désespérée de savoir qui pouvait lui donner de si beaux cadeaux mais refusait de se montrer.

Elle avait observé chacun de ses pairs avec attention, mais aucun d'entre eux ne se comportait différemment avec elle. Aucun des détecteurs qu'elle avait installés ne détectaient qui que ce soit passant les portes. Elle avait même étendu la portée pour inclure les ascenseurs externes. Et pourtant, seul le personnel autorisé allait et venait.

— Je suis en pause pour l'heure qui vient. Allons-y, que je puisse rencontrer ce mâle qui a capturé ton cœur, répondit Hanine. Et je promets de ne pas le juger sur son apparence.

— Merci, dit Evetta en tendant la main pour serrer celle de Hanine.

— Ne me remercie pas déjà, ma sœur, rétorqua Hanine avec un sourire. J'ai promis de ne pas le juger sur son apparence. Je n'ai rien dit à propos de sa personnalité !

Le rire chantant d'Evetta sembla étrangement apaisant après tant d'années de silence. Il ramena des souvenirs de temps plus heureux. Hanine espéra que cet étrange mâle ne le ferait pas taire pour toujours.

6

*E*vetta jeta un rapide coup d'œil aux alentours avant de frapper sur la porte d'accès d'entretien deux fois, elle fit ensuite une pause puis frappa une fois de plus. Sans Aaron, Evetta n'aurait jamais su que le panneau dans le mur était en réalité une porte. Elle en avait appris plus sur le *Disappearance* durant cette dernière semaine que durant les deux dernières années.

Hanine faisait le guet pour s'assurer que personne d'autre ne se trouvait non loin de là. Elle jeta un coup d'œil à la tablette dans sa main qui surveillait tous les rayonnements infrarouges émis dans un rayon de cent mètres autour d'elles. Elle fronça les sourcils quand elle en vit deux de l'autre côté du mur.

— Attends, siffla Hanine en regardant Evetta d'un air inquiet. Il y a deux rayonnements infrarouges.

Evetta adressa un sourire rassurant à Hanine.

— C'est le frère de Ben, Aaron. Il connaît tous les tunnels d'accès. Il vient avec Ben pour s'assurer que nous ne nous perdions pas.

— Oh, dit Hanine, mal à l'aise. Tu n'avais pas dit qu'il y avait deux extraterrestres.

— Détends-toi, Hanine. Aaron est très gentil lui aussi. Il ne représente pas une menace, répondit Evetta tandis que le panneau s'ouvrait. Viens.

Evetta passa le panneau caché et tomba directement dans les bras de Ben. Elle savait qu'elle devrait y être habituée mais elle ne put retenir le petit halètement qui lui échappa quand sa bouche couvrit avidement la sienne. Elle sentit son corps trembler contre le sien avant qu'il ne la lâche quand il entendit le petit juron émis par Aaron.

Il commença à tirer Evetta derrière lui quand il vit une autre silhouette passer l'embrasure de la porte avant qu'Aaron ne ferme le panneau. Il s'arrêta quand il sentit la main d'Evetta sur son bras. Ses yeux se plissèrent sur la silhouette fine de l'autre femelle.

— Oh merde ! murmura Aaron.

— Ne vous inquiétez pas, répondit Evetta à voix basse. C'est ma sœur, Hanine. Elle ne nous trahira pas.

Ben rendit son regard pénétrant à la femelle. Il pouvait voir la surprise et le choc dans ses yeux tandis qu'elle assimilait ses traits insolites. Il hocha la tête, agrippa fermement la main d'Evetta, puis tourna et se mit à avancer dans le tunnel étroit. Il n'était assez large que pour une personne à la fois. Il prit la tête ; il voulait emmener Evetta à la sécurité des ponts inférieurs avant de lui demander ce qu'il se passait.

Hanine se figea quand elle tourna la tête. Son regard se verrouilla sur une paire d'yeux marron foncé qui étaient rivés à son visage. Elle regarda le choc et le désarroi traverser le visage du jeune mâle. Sur la défensive, elle releva le menton face à son expression.

— Je suis Hanine, déclara-t-elle.

— Je sais, répondit le mâle élancé d'une voix rauque. Tu es censée être en train de travailler. Tu ne finis que dans deux heures.

Hanine recula vivement, surprise. Elle fronça les sourcils et fit glisser ses yeux le long du corps du grand mâle. Elle ne l'avait jamais vu auparavant, comment pouvait-il donc savoir qui elle était et quand elle travaillait ?

— Ça a changé. Comment est-ce que tu sais quand je suis censée travailler ? exigea-t-elle.

Un doux sourire se dessina sur ses lèvres avant que le murmure de ses paroles ne l'atteigne.

— Est-ce que je peux te garder… pour toujours ?

— Toi ? Comment ? C'était toi ? murmura Hanine d'une voix teintée d'émerveillement et de stupéfaction.

Elle resta immobile tandis que sa main pâle se leva pour la toucher. Elle sentit ses doigts chauds glisser le long de sa joue. Un petit halètement lui échappa face à la tendresse de son toucher.

— Ta peau est aussi douce que je l'avais imaginée, fit remarquer Aaron d'une voix épaisse.

Les yeux hébétés de Hanine le suivirent alors qu'il se tourna pour suivre sa sœur et son frère. Elle leva une main tremblante pour toucher sa joue. Sa bouche s'ouvrit d'un émerveillement confus quand il regarda par-dessus son épaule. Un petit sourire enfantin se dessina sur son visage avant qu'il se retourne.

— Oh là là, murmura Hanine tandis que son cœur fondait face à ce regard.

≈

Evetta se hâta à la suite de Ben. Elle sentait son inquiétude. Il était étrange qu'après seulement une semaine, son corps connaisse assez le sien pour sentir ses émotions. Elle serra ses doigts pour lui faire sentir sa compréhension. Elle n'avait pas prévu de parler d'eux à sa sœur si tôt.

Elle avait le souffle court quand il la tira dans la petite pièce dans laquelle elle l'avait découvert quelques jours plus tôt. Il murmura quelque chose à son frère avant que la porte ne se ferme, les enfermant seuls à l'intérieur. Elle commença à s'expliquer, mais les mots moururent sur ses lèvres quand Ben la tira dans ses bras et l'embrassa.

Il ne la lâcha que plusieurs longues minutes plus tard avant d'ensuite appuyer son front contre le sien. Evetta s'accrocha à ses larges épaules pour se soutenir. Elle prit plusieurs inspirations saccadées, stupéfaite par l'intensité derrière ses baisers. Son cœur martelait dans sa poitrine et elle jurait qu'elle se serait écroulée s'il ne l'avait pas tenue si fermement contre lui.

— Tu m'as manqué, s'étrangla-t-il finalement, plaquant un autre baiser sur son front. Ça me déchire à chaque fois que tu t'éloignes de moi. Je fais des cauchemars dans lesquels tu te fais à nouveau attaquer.

— Chut, ne t'inquiète pas pour moi, murmura Evetta d'un ton apaisant en enroulant ses doigts dans ses cheveux foncés. Tu me manques aussi Ben. Je te veux. J'ai besoin de toi.

Le souffle de Ben explosa hors de sa poitrine face à ses paroles murmurées. Il avait réarrangé la pièce un peu plus tôt. Il avait enlevé les deux chaises et installé un des bancs étroits en guise de lit. Ce n'était pas grand-chose, mais étant donné que personne d'autre n'utilisait la pièce, il l'avait faite sienne. Et à présent, elle serait leur.

— J'ai besoin de toi, Evetta, gémit Ben avec une légère pointe de désespoir dans la voix tandis que ses mains montèrent pour tenir ses petits seins. Je te veux.

Evetta sentait son désir se presser contre elle. Le fait d'avoir ce genre d'effet sur lui enflammait son propre besoin en un brasier furieux. Elle mourrait d'envie qu'il la touche. Se reculant juste assez pour mettre un petit peu d'espace entre eux, elle fit glisser ses doigts jusqu'aux attaches sur le devant de sa chemise. Ses doigts tremblèrent légèrement tandis qu'elle commençait à les détacher.

— Evetta, murmura Ben. Est-ce que tu en es sûre ? Une fois que je t'aurai fait l'amour, tu seras mienne. Je ne te laisserai pas partir. Je ne sais pas ce que le futur me réserve. Je n'ai rien à t'offrir, mais je ne te laisserai pas partir.

Evetta continua de détacher les attaches. Elle fit glisser sa chemise sur ses larges épaules, et fit courir ses doigts dessus ainsi que sur ses bras. Ses yeux rencontrèrent les siens, y plongeant afin qu'il puisse voir qu'elle n'avait aucun doute sur ses désirs.

— Je n'ai jamais été plus sûre de quoi que ce soit de ma vie, Ben. Aucun d'entre nous ne sait ce que le futur réserve. J'ai seulement besoin de savoir que tu tiens à moi. Je ne demande rien d'autre, murmura-t-elle.

Un frisson parcourut Ben tandis que les paroles murmurées d'Evetta l'envahirent. Il savait sans aucun doute qu'il l'aimait. Il ne mentait pas quand il avait dit que cela le déchirait de la voir s'éloigner de lui chaque soir.

Il savait que la violence était une part de la vie parmi les Marastin Dow même si Behr et les autres membres de l'équipage faisaient de leur mieux pour les en protéger, Aaron et lui. Plus d'une fois, un membre de l'équipage n'était pas revenu de sa journée de travail ou était revenu ensanglanté d'un combat.

Il gémit quand Evetta fit courir ses mains sur son torse.

Le petit tiraillement sur les poils qui le recouvraient était enivrant. Quand ses mains descendirent, suivant la ligne de poils alors qu'elle disparaissait sous la taille de son pantalon, il sut qu'il devait l'arrêter avant qu'il n'éjacule dans son pantalon.

— Mon tour, exigea-t-il d'une voix rauque.

Ses mains glissèrent pour attraper le bas de sa chemise. D'un petit coup rapide, il la tira par-dessus sa tête. Sa peau était soyeuse sous ses paumes rugueuses. Il les remonta pour prendre les monts arrondis de ses seins libérés. Les bouts étaient tendus et fiers, les mamelons d'un violet plus foncé que la peau les entourant.

Il baissa la tête pour saisir un des sommets raides entre ses lèvres. Il suça fort, le tenant tendrement entre ses dents pendant qu'il le titillait avec sa langue. Il fut récompensé par son halètement sonore et par la sensation de ses doigts s'entremêlant brutalement dans ses cheveux pour le maintenir contre elle.

Il laissa tomber sa main droite pour la toucher entre les jambes. Son pantalon était moulant et il pouvait sentir la chaleur à travers. Il la caressa tout en continuant à titiller ses mamelons tendus. Il gémit à nouveau quand elle commença à bouger contre sa paume.

— Ben, je… s'il te plaît… ne me fait pas attendre, souffla Evetta. S'il te plaît.

Ben entendit sa supplication éperdue et relâcha son mamelon dans un bruyant sifflement de désir. Se laissant glisser le long de son corps, il déposa de petits baisers sur son ventre plat et s'agenouilla devant elle. Il fit glisser sa main sur sa jambe, détachant le couteau qu'elle portait et les lanières de ses bottes.

Il continua de presser des baisers brûlants et humides sur son ventre tandis qu'il retirait l'une de ses bottes puis l'autre. Une fois qu'elles furent retirées, ses doigts ouvrirent l'attache de son pantalon. Il le fit descendre de ses hanches fines. La maintenant immobile, il enfouit son visage dans les boucles noires qui recouvraient son pubis.

— Oh, par les dieux ! cria Evetta en s'appuyant contre ses lèvres chaudes.

Ses mains se crispèrent dans ses cheveux tandis qu'elle explosa quand il glissa deux doigts en elle et fit rudement courir sa langue sur son clitoris. Elle ne pouvait pas bouger sans tomber car son pantalon était à ses chevilles. La seule chose qu'elle pouvait faire était tenir le coup pendant qu'il la caressait de façons qu'elle n'avait jamais ressenties auparavant.

Elle cria quand il s'éloigna et se leva devant elle. Le cri mourut sur ses lèvres alors qu'il la prit dans ses bras. Son pantalon tomba sur le sol tandis qu'il se tourna et la déposa sur le lit de fortune. Avant qu'elle ne puisse faire quoi que ce soit, il lui leva les jambes et les mit par-dessus ses épaules.

— Ben, gémit-elle alors qu'il enfonçait ses doigts profondément en elle pendant que les doigts de son autre main l'ouvraient pour qu'il puisse la lécher.

— Jouis pour moi, Evetta, gémit Ben contre elle. Jouis à nouveau pour moi, bébé. Je veux goûter ta douceur.

Il sut dès l'instant où sa langue toucha le petit bout gonflé pour la première fois qu'il avait trouvé son point sensible. Il appuya dessus, voulant la mener au plaisir encore et encore. Il sentit son corps trembler violemment en réponse quand il fit passer sa langue sur son clitoris.

Ben sentit Evetta se raidir avant qu'elle n'explose à nouveau tandis que sa langue ne cessait de la titiller. Un gémissement bas lui échappa quand ses jambes se resserrèrent sur ses épaules et son doux goût se répandit sur sa langue. Son corps répondit presque douloureusement à son goût exquis. Une chaleur féroce le traversa et il jura que ses couilles allaient bientôt exploser s'il ne jouissait pas incessamment sous peu. Il y avait quelque chose dans le goût d'Evetta qui agissait directement sur sa verge.

Il s'éloigna avec un juron sonore et arracha presque son pantalon tandis qu'il se débattait avec la fermeture. Il le baissa rapidement et le poussa sur le côté d'un coup de pied avant de tomber sur la silhouette haletante d'Evetta.

De la sueur perla à son front alors qu'il sentit le bout de sa verge glisser dans son canal vaginal lubrifié. Le fluide qui la recouvrait se mélangea à sa pré-semence et il jura que le feu explosa en un brasier infernal. Ses bras tremblaient tandis qu'il se maintenait au-dessus d'elle.

— Je ne veux pas te faire de mal, s'étrangla-t-il. Aide-moi, Evetta.

— Ce ne sera pas le cas, murmura-t-elle en enroulant ses bras autour de son large torse et ses jambes autour de ses hanches fines. Je suis prête pour toi, mon Ben.

Ben n'avait pas besoin de plus d'encouragement. Il enfonça sa verge lancinante en elle aussi profondément que possible. Il jeta sa tête en arrière, et ses yeux se fermèrent tandis qu'elle s'enroulait autour de lui. Il jura qu'il sentait les mêmes petits renflements tout le long de sa verge. Il se recula et ils caressèrent sa bite, lui coupant le souffle.

Il balança ses hanches vers l'avant. Alors que le bout de sa verge touchait son utérus, une autre vague de chaleur lui traversa le corps. Il perdit tout contrôle au moment où il l'atteignit. Ses hanches se mirent à bouger d'elles-mêmes, se balançant de plus en plus vite. Les cris rauques d'Evetta résonnèrent dans son oreille tandis qu'il la tira plus près de lui.

Il tendit la main et saisit son sein gauche, piégeant son mamelon entre ses doigts. Il le pinça avec force au moment où elle se raidit sous lui. Elle explosa en de multiples orgasmes. Il sentit les explosions brûlantes autour de sa verge alors qu'il s'enfonçait en elle.

Un instant il se déplaçait frénétiquement, l'instant suivant il était accroché à elle tandis que les petits renflements semblèrent gonfler jusqu'à ce que sa verge soit maintenue dans un poing ferme qui serra son membre. Son orgasme explosa avec une telle force qu'il sentit les remous de sa semence alors qu'elle la remplissait. Un sanglot étouffé lui échappa face à l'intensité. Il jura que son corps était en train d'aspirer toute goutte de semence hors de lui.

Il tomba sur elle, stupéfait par l'intensité de leur amour. Même alors, le picotement se faisait toujours sentir en lui. Il ne savait pas ce qui venait de se produire, mais il voulait absolument s'assurer que cela se produise à nouveau.

Il roula sur le côté, tirant le corps mou d'Evetta avec lui afin qu'elle repose sur lui. Il était toujours accroché en elle. Un léger sourire lui courba les lèvres. Diable, il n'aurait jamais cru que cela puisse se produire. Il pourrait sans aucun doute devenir accro à lui faire l'amour.

— Je t'aime, Evetta, murmura-t-il en déposant un rapide baiser sur son front. Tu es un miracle pour moi.

Il continua de caresser son dos tandis qu'elle frottait sa joue contre son torse. Fermant les yeux, il se demanda combien de temps il lui faudrait pour être prêt pour le deuxième round. Quand il sentit sa verge tressauter en elle, un autre sourire lui courba les lèvres. *Évidemment pas aussi longtemps que normalement*, pensa-t-il avec satisfaction alors que son corps commençait à le picoter à nouveau.

7

*A*aron essuya nerveusement ses paumes moites sur les côtés de son pantalon. Il ne savait pas pourquoi il avait avoué à Hanine qu'il savait qui elle était et qu'il était celui qui lui donnait les petits cadeaux. C'était peut-être à cause du choc de la voir passer la porte ou de finalement être si près d'elle. Quoi qu'il en soit, cela n'augurait rien de bon pour lui.

Il entra dans leur chambre, à Ben et lui, reconnaissant pour une fois que Ben ait exigé qu'ils la gardent propre vu qu'elle n'était pas très grande. Il jeta un coup d'œil à Hanine alors qu'elle s'arrêtait dans l'embrasure de la porte pour le regarder. Il se tourna dans sa direction et la regarda nerveusement.

Elle était encore plus belle de près. Ses cheveux courts se balancèrent autour de son menton tandis qu'elle balayait la cabine du regard. Cela ne lui prit pas longtemps étant donné que la chambre ne se résumait qu'à deux lits, une table juste assez grande pour deux chaises et la porte menant à leur salle de bain.

Aaron laissa ses yeux la parcourir avidement pendant qu'elle était distraite. Elle portait un uniforme gris foncé moulant qui soulignait le violet pâle de sa peau. Ses yeux s'attardèrent sur elle un long moment pendant qu'il se perdait dans le fantasme d'enfin l'avoir si près de lui. Il détourna rapidement les yeux quand elle tourna son regard perçant vers lui.

— Tu es celui qui me laisse des cadeaux, dit-elle d'un ton plus affirmatif qu'interrogatif.

— Oui, répondit Aaron d'une voix rauque avant de s'éclaircir la gorge. Oui.

— Prouve-le, exigea-t-elle.

Aaron leva la tête vers elle, surpris. Ses yeux se baissèrent vers sa main tendue. Elle tenait le petit triangle de papier rose qu'il lui avait fait. Il leva à nouveau les yeux vers elle, un sourire amusé tirant le coin de sa bouche quand il vit son sourcil relevé. Il tendit la main et prit le papier froissé en faisant attention à ne pas la toucher.

Il hocha rapidement la tête avant de se diriger vers le lit et de s'y asseoir. Il lissa le petit carré sur son genou, puis commença à replier le papier fragile. Il décida qu'il n'avait rien à perdre et commença donc à parler à voix basse tandis qu'il recréait le cygne.

— La première fois que je t'ai vue, deux femmes t'insultaient. J'avais envie de vous rejoindre et de leur mettre à toutes les deux une gifle derrière la tête.

Il leva rapidement les yeux pour voir qu'elle n'avait pas bougé d'à côté de la porte. Baissant à nouveau les yeux, il se concentra sur ce qu'il faisait.

— J'ai pensé que tu étais la plus belle femme que j'ai jamais vue. J'ai adoré la façon dont tu as levé les yeux au ciel et quand tu as tiré la langue…

Il gloussa doucement mais ne leva pas les yeux vers elle.

— Disons simplement que c'était incroyablement excitant. J'ai voulu en savoir plus à ton sujet, j'ai donc commencé à t'observer.

— Pourquoi m'as-tu laissé ces choses ? demanda-t-elle doucement.

Aaron s'arrêta et fixa le petit papier qui commençait à prendre forme dans ses mains. Il réfléchit pendant de longs moments avant de hausser les épaules. Il en avait déjà trop dit pour lui mentir maintenant.

— Je n'avais rien d'autre à te donner, admit-il. Si je le pouvais, je t'aurais donné le monde. À la place, je t'ai donné la seule chose que j'avais à donner... un bout de mon monde sous la forme de simples pliages. Je t'ai donné la lionne en premier car tu m'as rappelé à quel point elles sont féroces quand elles protègent leurs petits. Je t'ai donné le cygne pour ta grâce. Chaque forme me fait penser à toi.

— Y compris celle au long cou ? À quoi cela te fait-il penser ? demanda-t-elle avec une pointe de rire refoulé dans la voix.

Aaron grimaça mais il resta concentré sur le cygne.

— Je ne pouvais pas m'empêcher de penser à quel point je voulais t'embrasser là. Tu as un beau cou et avec tes cheveux coupés courts, il semble long et... je voulais juste t'embrasser, admit-il tandis qu'une teinte de rouge lui montait aux joues.

Il finit de replier le cygne. Il le fixa pendant plusieurs longues secondes avant de lever la tête. Ses yeux s'écarquillèrent quand il vit qu'elle avait silencieusement bougé jusqu'à se tenir devant lui.

— Et ça ? murmura-t-elle, touchant doucement l'aile du cygne. À quoi cela te fait-il penser ?

— À quel point tu es belle. À quel point tu es spéciale. À quel point je veux te voir t'envoler et être libérée de la peur et du danger, répondit-il d'une voix douce.

Les yeux de Hanine rencontrèrent les siens. Elle put voir la vérité en eux. Elle prit tendrement le cygne qu'il lui tendait et le mit sur le bord du lit sans jamais quitter son regard des yeux.

Elle tendit la main et traça tendrement le contour de son visage. Ses doigts s'arrêtèrent sur la pâle cicatrice qui gâchait une pommette. Elle sentit son souffle chaud contre elle alors qu'elle se mit entre ses jambes.

— Que veux-tu de moi ? demanda-t-elle en le touchant de ses deux mains et en regardant ses yeux se fermer lentement.

— Je veux te garder, murmura-t-il à tout juste quelques centimètres de ses lèvres quand elle se pencha vers lui. Je veux te garder pour toujours, Hanine. Je t'ai aimée de loin. Maintenant, je veux te tenir dans mes bras et t'embrasser. Est-ce que je le peux ? Me laisseras-tu le faire ?

Hanine se recula légèrement et ses yeux se baissèrent brièvement vers ses lèvres avant qu'elle ne sourie.

— Pour toujours, hein ?

— Pour toujours, mon beau cygne, murmura-t-il en ouvrant grand les yeux pour pouvoir plonger dans les siens tandis qu'il attirait ses lèvres vers les siennes.

Hanine s'ouvrit pour lui. Elle avait l'impression de pouvoir voler. La chaleur qui la traversait l'emplit d'espoir, de joie et de passion. Dans sa recherche de la réponse à la question d'où venaient les cadeaux, elle avait découvert le plus beau des cadeaux… un mâle extraterrestre insolite mais étrangement captivant qui lui faisait vouloir des choses dont elle avait seulement rêvé quand elle était plus jeune.

La confusion la traversa brièvement avant que son esprit n'oublie tout, exceptée la chaleur qui envahissait son corps. Elle ne comprenait pas pourquoi elle se sentait ainsi ; en particulier envers un mâle qu'elle venait tout juste de rencontrer. Ce n'était pas comme si elle faisait facilement confiance, et pourtant, il y avait quelque chose chez lui qui lui disait qu'il ne lui ferait jamais intentionnellement de mal. Il y avait une chose dont elle était certaine alors qu'elle lui rendait son baiser passionné : peu importe ce qu'était l'étrange pouvoir qu'il exerçait sur elle, elle voulait l'explorer plus en détail au cas où il disparaisse.

Quatre semaines plus tard, Aaron attirait Hanine dans ses bras tandis qu'elle passait la porte d'accès sur laquelle ils s'étaient mis d'accord la nuit précédente. Il but le nectar de son baiser comme une abeille à la recherche de pollen. Ses lèvres se déplacèrent sur les siennes sachant qu'il n'avait jamais rien goûté d'aussi doux.

Elle était tout ce qu'il avait espéré et plus encore. La sensation de son corps fin contre le sien brûlait dans son esprit à chaque fois qu'il la touchait. Il voulait cette femme magnifique et étonnamment tendre d'une passion qui défiait la logique. Il s'était attendu à ce qu'elle se détourne de lui quand elle l'avait vu pour la première fois, mais au lieu de cela, elle l'avait rencontré avec le même désir intense que celui qui brûlait en lui.

Il avait passé les quatre dernières semaines à la courtiser. Cela l'ennuyait de la laisser partir tous les jours, mais il voulait qu'elle soit sûre. S'il avait cru auparavant qu'il l'aimait, ce n'était rien face à ce qu'il ressentait à présent. Plus il passait de temps avec elle, plus il voulait avoir du temps à passer. Elle était drôle, intelligente, passionnée et loyale.

Au début, elle ne partageait qu'un peu d'elle avec lui. Il la taquinait durant des pique-niques de fortune qu'ils faisaient dans la baie de stockage du niveau inférieur et dans la petite pièce que Ben utilisait parfois. Il l'emmenait se promener dans les tunnels d'accès et aimait la surprendre avec des petits baisers et plus d'origamis d'animaux.

Ce soir-là, l'espièglerie de leur relation s'était transformée en un désir brûlant et en un besoin urgent. Aaron gémit quand Hanine le poussa contre le mur du tunnel d'accès et fit avidement courir ses mains le long de son corps. Ses mains exploraient frénétiquement ses courbes en retour. Il s'éloigna en haletant.

— Tes quartiers, Aaron, murmura Hanine en pressant des baisers brûlants le long de son cou. S'il te plaît, j'ai besoin de toi. Tu m'as rendue folle ces dernières semaines. Je veux plus que le goût de tes baisers. Je te veux.

— Hanine, s'étrangla Aaron. Est-ce que tu en es sûre, mon cœur ? Parce qu'une fois que je t'aurai, je ne te laisserai *jamais* partir. Tu dois vraiment être sûre de ça.

Hanine s'éloigna et plongea dans ses yeux ardents, un doux sourire lui courbant les lèvres.

— J'en suis sûre. Tu m'as montré ce que c'est que d'être spéciale, Aaron. Tu es un homme vraiment, vraiment extra-ordinaire et je… et je te veux, répondit-elle d'une voix hési-tante et timide. J'ai besoin de toi Aaron. Je veux être avec toi pour toujours comme tu me l'as promis.

Aaron ne dit rien. Il n'en était pas capable. À la place, il déposa un baiser brûlant et urgent sur ses lèvres avant de lui prendre fermement la main dans la sienne et de se tourner en direction de ses quartiers. Il se précipita dans le passage étroit, tourna quand il arriva à la porte et prit Hanine dans ses bras. Son visage rougit de désir et de détermination tandis qu'il passa le seuil en la portant et verrouilla rapide-ment la porte.

Aaron la porta jusqu'à son lit étroit et s'y assit, elle sur ses genoux. Il prit son visage dans ses mains tremblantes et l'em-brassa profondément. Il se laissa lentement glisser en arrière, la prenant avec lui alors que ses mains caressaient avidement son corps. La chaleur de leurs baisers devint rapidement bien trop élevée pour être contrôlée. Il roula et la coinça sous lui. Il pressa des baisers désespérés le long de sa mâchoire et enfouit son visage contre son épaule. Un frisson le parcourut tandis que ses ongles lui griffaient le dos. Il tourna son visage dans son cou et pressa des baisers brûlants et avides contre le côté de son long cou.

— Aaron ! cria Hanine en s'arquant contre lui.

— Oui, Hanine. Dis mon nom. Appelle-moi, chérie, murmura Aaron en faisant courir sa longue le long du lobe de son oreille. Dis-moi que tu le veux autant que moi. J'ai besoin de savoir que tu es sûre, Hanine. J'ai besoin de savoir.

— Oui. Oh, oui, souffla Hanine d'une voix hébétée. Quelle est cette magie qui fait brûler mes entrailles pour toi ?

Aaron se recula et la fixa avec une expression sérieuse. Il voulait qu'elle sache que la magie qu'ils créaient venait d'eux deux ; qu'elle le voulait pour qui il était : l'homme qui l'aimait. Cela faisait des mois qu'il le savait, mais elle ne l'avait découvert que quelques petites semaines plus tôt. Il ne pensait pas pouvoir y survivre si elle pensait que c'était une erreur ou que c'était causé par quelque chose d'autre que les sentiments qu'ils ressentaient l'un envers l'autre.

— Nous sommes la magie, Hanine. Toi et moi, ensemble, dit Aaron d'une voix basse et calme. Je t'aime. Je t'ai aimée depuis l'instant où tu as levé tes beaux yeux au ciel. J'aime ta façon de bouger et ta ténacité. J'aime ta force et à quel point tu es protectrice envers ta sœur. J'aime comment tes yeux brillent quand tu fais quelque chose que tu sais que les autres ne comprennent absolument pas. Je t'aime, ainsi que la façon dont tu caches mes cadeaux pour toi.

— Comment sais-tu toutes ces choses ? murmura Hanine, émerveillée. Comment sais-tu tant de choses sur moi ?

— Je te vois, Hanine, répondit Aaron avec un sourire tendre. Je vois la belle femme cachée derrière le masque.

Les yeux de Hanine scintillèrent de larmes. Elle n'avait jamais rien entendu d'aussi beau et d'aussi précieux. Elle tendit les mains, agrippa ses épaules, le tira vers elle et scella ses lèvres aux siennes. Elle lui faisait savoir ce qu'elle ne pouvait dire. Elle comprenait ce que sa sœur voyait dans cette étrange espèce extraterrestre. Ils n'avaient rien de similaire aux mâles marastin dow. Ils étaient bien, bien plus forts.

Elle tira frénétiquement sur les vêtements qui cachaient son corps à son toucher. Elle voulait le toucher comme il la touchait. Elle se redressa quand il glissa sa main sous sa chemise.

— Enlève-les, haleta-t-elle.

— Hanine ? s'étrangla Aaron d'une voix confuse. Qu'est-ce que j'ai… ?

— Enlève-les ! J'ai besoin que tu enlèves tes vêtements immédiatement, exigea-t-elle. J'ai besoin d'enlever les miens. J'ai besoin de toi !

Les yeux d'Aaron s'illuminèrent quand il comprit. Elle ne lui disait pas d'enlever ses mains. Elle le voulait ! Elle avait tout autant besoin de lui qu'il avait besoin d'elle.

Roulant à côté d'elle, il se mit debout à côté du lit puis saisit le bas de sa chemise et la tira brusquement par-dessus sa tête. Il se débarrassa rapidement de ses bottes et retira son pantalon. Ses yeux regardaient avec une flamme grandissante tandis que Hanine faisait de même avec ses vêtements. Ils se fichaient d'où finiraient les vêtements, la seule chose qui importait était qu'ils ne soient plus sur eux.

Ils s'écroulèrent ensemble en une explosion tourbillonnante de peau, violet contre bronzé, douces courbes contre muscles solides. Aaron se tourna pour que Hanine soit sur lui. Il avait peur de lui faire mal. Un gémissement sonore lui échappa quand elle se mit sur lui et fit descendre sa main afin de saisir sa verge lancinante et douloureuse. Ses doigts s'enroulèrent autour de lui et le maintinrent immobile assez longtemps pour qu'elle l'aligne avec son entrée lubrifiée.

Il rompit le baiser au moment où sa pré-semence se mélangea à son humidité. Une chaleur explosive traversa sa verge, s'accumulant dans ses testicules et envoyant une onde de choc de besoin frissonnant le long de son échine. La force de son corps s'enroulant autour de lui lui coupa le souffle. Son expérience limitée avec les femmes ne l'avait pas préparé à l'effet d'être avec la femme qu'il aimait.

— Hanine ! cria Aaron d'une voix rauque. Oh mon Dieu !

— Tu aimes ? dit-elle en souriant avant de faire tourner ses hanches.

— Chérie, s'étrangla-t-il en prenant son visage dans ses mains et en se poussant en elle.

Son gémissement se mêla au sien alors que les douzaines de petits renflements sexuels le long de ses parois vaginales produisirent plus de fluide, la lubrifiant encore plus alors même qu'ils gonflaient profondément en elle. La combinaison le rendait fou. Il sentait chaque petite bosse contre sa verge tandis qu'il bougeait en elle.

Ses mains remontèrent vers ses seins. Il pinça les mamelons gonflés entre ses doigts. Elle se pencha en arrière, s'appuyant contre lui et le faisant jurer alors que sa verge effleurait son utérus.

— Oui ! gémit-elle en appuyant sur ses mains. Comme ça. Oh, Aaron. Oui !

Il se souleva pour l'encourager à le monter. Il voulait regarder son visage alors qu'elle jouissait. Il savait que le doux rythme de leurs corps se joignant pour ne faire qu'un n'allait pas durer longtemps. De la sueur perla sur leurs fronts tandis qu'ils combattaient leur désir afin de pouvoir faire durer ce moment aussi longtemps que possible.

— Je ne peux pas… je ne peux pas… haleta Hanine en plongeant dans les yeux flamboyant d'Aaron. Oh Aaron ! gémit-elle, tombant en avant alors qu'elle jouissait autour de sa verge dure.

Aaron laissa tomber ses mains jusqu'à sa taille et commença à bouger frénétiquement en elle. Il la sentait se serrer fermement autour de lui. Cela devenait de plus en plus difficile pour lui de se retirer. Ses yeux s'écarquillèrent quand il sentit la partie sensible autour de la partie arrondie sa verge s'accrocher alors qu'il s'enfonçait à nouveau en elle. Ses testicules se resserrèrent avant qu'il n'explose profondément en elle. Il se souleva, tenant toujours ses hanches alors que ses yeux s'écarquillaient face à la puissance de sa libération.

— Hanine. Oh chérie. Hanine, scanda-t-il encore et encore tandis qu'il pulsait en elle avant de s'écrouler sur le lit avec elle dans ses bras.

Il fixa le plafond tout en lui caressant le dos de manière apaisante.

— Je t'aime, mon beau cygne. Je t'aime.

8

— *E*vetta, qu'est-ce qui ne va pas ? demanda Hanine quand elle vit sa sœur se précipiter dans leurs quartiers. Qu'est-ce que tu es en train de faire ?

Hanine suivit les mouvements effrénés d'Evetta alors qu'elle sortait un petit sac du panneau caché. Ses yeux s'écarquillèrent d'inquiétude quand Evetta sortit les armes qu'elles avaient secrètement mises de côté durant les six derniers mois depuis qu'elles avaient rencontré Ben et Aaron. Ils avaient parlé du fait de se préparer pour le moment où ils devraient peut-être s'enfuir… s'échapper de la vie qu'ils avaient été forcés de vivre. C'était du jamais-vu chez les Marastin Dow de faire quelque chose de si risqué. Les quelques-uns qui avaient essayé avaient été exécutés publiquement en guise d'avertissement pour les autres.

— Un ordre de changement au niveau du commandement a été donné, dit Evetta d'une voix rauque tandis qu'elle continuait ce qu'elle faisait. Tout le personnel sera déplacé. J'ai utilisé le programme que tu as écrit pour faire une copie d'une liste des nouveaux officiers qui vont venir et des ordres de sécurité avant que l'on me bloque l'accès au système, dit-elle en regardant rapidement Hanine avec des yeux assombris par la peur. Ils nous arrêtent et vont nous séparer. Behr et ceux qui travaillent sous ses ordres ont reçu l'ordre de rentrer sur la planète natale avec une garde rapprochée. J'ai entendu un des commandants dire qu'ils allaient être exécutés pour trahison. Un groupe armé de personnel de sécurité a été transféré à bord. Ils vont trouver Ben et Aaron. Ils seront exécutés immédiatement, Hanine. Nous devons partir maintenant.

Le visage de Hanine pâlit. Elle hocha la tête avant de se tourner quand un bruit sonore résonna dans la pièce. Quelqu'un essayait d'entrer par effraction dans leurs quartiers et les détecteurs d'alerte avaient été déclenchés.

— Pourquoi seraient-ils après nous ? demanda-t-elle, confuse. Nous ne sommes pas liées à Behr.

Evetta jeta un regard désespéré à sa sœur.

— J'ai vu Inez se faire emmener par la sécurité un peu plus tôt. Elle doit avoir dit quelque chose. Qu'est-ce qu'on va faire ?

Le visage de Hanine se tendit de détermination quand elle entendit la sécurité crier que l'on amène un dispositif manuel pour ouvrir la porte. Elle se tourna et ouvrit le tiroir du bureau. Elle en sortit la petite boîte contenant toutes les créatures qu'Aaron lui avait faites, puis elle se pencha et sortit les sacs d'urgence qu'elles gardaient sur leurs lits. Elle glissa la boîte dans l'un d'eux avant de passer les bandoulières sur son épaule.

Elle sortit ensuite la petite tablette à sa hanche et fit glisser son doigt sur l'écran. Avec une pression du pouce, elle ouvrit le programme qu'elle avait développé et y entra plusieurs codes de commande. Les lumières dans la pièce se mirent à clignoter pendant quelques instants avant de s'éteindre. La faible lueur des lumières d'urgence projetait une ombre inquiétante.

— Qu'est-ce qu'il s'est passé ? demanda Evetta en regardant autour d'elle, effrayée.

— J'ai désactivé tout le courant mis à part celui pour le système environnemental, cracha Hanine.

— Quoi ?! Comment ? demande Evetta en fixant sa sœur cadette d'un air choqué.

Un sourire froid se dessina sur les lèvres de Hanine.

— Je savais que ce jour viendrait. Je n'ai pas fait que passer mes journées assise à regarder le réseau du vaisseau. J'ai appris à programmer mes propres codes. Nous n'aurons pas beaucoup de temps. Tiens-toi à mon bras.

— Qu'est-ce que tu vas faire ? murmura Evetta.

— Je ne vais pas me contenter d'attendre et de regarder Aaron mourir, dit Hanine. Nous allons voler un des véhicules offensifs. J'ai reprogrammé l'un d'entre eux pour que l'on puisse l'utiliser. Ils ne pourront pas en prendre le contrôle. Nous devons partir maintenant, Evetta.

Evetta saisit le bras de Hanine au moment même où la porte de leurs quartiers s'entrouvrit. Elle sentit une vague de désorientation avant que tout ne devienne flou. Un instant plus tard, elle était dans le couloir inférieur devant les quartiers de Ben et Aaron. Elle se balança un moment avant de prendre une position plus ferme.

Elle sursauta quand une silhouette la dépassa en courant, la projetant contre la porte. Des mains fermes qu'elle aurait reconnues entre toutes la saisir, l'attrapant au moment où elle allait tomber. Elle pencha la tête en arrière pour plonger dans les yeux sombres de Ben.

— Comment t'es-tu rendue ici ? Behr et les autres se préparent à partit, grogna Ben. C'est trop dangereux pour toi d'être ici.

— Il était aussi trop dangereux d'être sur les ponts supérieurs, dit Hanine en jetant un œil autour de la grande

silhouette de Ben avant de froncer les sourcils. Où est
Aaron ?

Le visage de Ben s'assombrit encore plus.

— Il était sorti quand Behr a reçu l'appel de s'échapper,
répondit-il d'une voix tendue.

— Nous devons partir maintenant, dit Behr en se diri-
geant vers eux à grands pas. Mon vaisseau de guerre est en
train de s'amarrer sous le vaisseau. Nous n'aurons pas beaucoup de temps une fois que le courant sera rétabli.

— C'est moi qui ai désactivé le courant. Il leur faudra une
demi-heure pour redémarrer le système. Je peux verrouiller
les systèmes d'armement pour un peu plus longtemps. Où est
Aaron ? dit Hanine d'une voix obstinée. Je ne partirai pas
sans lui.

— Il était dans le tunnel d'accès au pont d'envol la
dernière fois que j'ai entendu quoi que ce soit, dit Behr avant
de regarder Ben. Nous devons partir. Il ne reviendra pas à
temps. Tu devras partir sans lui.

— Est-ce que tu abandonnerais un de tes frères ?
demanda sèchement Ben.

Il connaissait déjà la réponse après les nombreuses heures
qu'il avait passées en compagnie de Behr. L'homme était un vrai
leader. Si cela permettait au peuple d'accéder à la liberté, non
seulement il abandonnerait son frère, il se sacrifierait aussi pour
la cause. Ben n'était pas si noble. Il n'abandonnerait pas Aaron.

Il se tourna plutôt vers Evetta.

— Partez avec lui, ordonna-t-il. Je vais trouver Aaron et je
trouverai ensuite un moyen de vous rejoindre.

Evetta secoua la tête.

— Je ne te laisserai pas et je sais que Hanine ne laissera
pas Aaron. Nous resterons à tes côtés et nous trouverons un
moyen ensemble.

Behr jura quand un de ses hommes courut vers lui et

marmonna quelques mots sèchement. Il se retourna vers Ben, Evetta et Hanine. Ses lèvres étaient serrées par la colère.

— Nous devons partir maintenant, dit-il. Je vous demande de venir avec moi.

— Et je te dis que non. Merci et bonne chance, Behr. Tu es un homme bon et un leader puissant. S'il y a quelqu'un qui peut changer ton monde, je crois que tu en es capable, dit Ben en tendant la main.

Behr fixa le visage obstiné du mâle extraterrestre qu'il avait secouru quatre ans auparavant et qui lui avait donné les fondements dont il avait besoin pour changer son monde. Il serra fermement la main de Ben dans la sienne avant de la lâcher en hochant brièvement la tête.

— Bonne chance, dit sèchement Behr avant d'aboyer un ordre au reste de l'équipage qui l'attendait.

Ben regarda son sauveur et ami disparaître. Il plongea dans les yeux d'Evetta, le regret et la rage le déchirant. C'était le moment qu'il avait le plus redouté.

— Ce n'est pas encore fini, lui assura calmement Hanine. J'ai un moyen pour que nous nous échappions, mais nous ne pouvons pas partir sans Aaron. Je ne partirai pas sans lui.

Ben jeta un rapide coup d'œil à la jeune femme qui était devenue le centre du monde de son frère. Il vit de la détermination et une volonté de fer dans les lignes raides de son corps. Ils avaient une chance sur un million de s'en sortir, mais il avait le pressentiment que le succès de cette seule chance était tout ce dont ils avaient besoin.

— Allons-y, dit Ben.

Aaron essuya la sueur de ses yeux. La seule chose qui le guidait vers les niveaux inférieurs était sa connaissance des tunnels et la faible lueur rouge des lumières d'urgence. Il était dans la partie supérieure de la baie de chargement quand il avait entendu la communication entre le *Disappearance* et un autre vaisseau.

Quand il avait entendu le nom de Behr, il avait su que l'homme qui était devenu leur ami s'était attiré des ennuis. Il avait immédiatement contacté Behr quand il avait jeté un coup d'œil à travers l'une des grilles et avait vu au moins une douzaine d'officiers de sécurité descendre d'une navette de transport.

Il en était à la moitié du trajet vers la soute inférieure quand les lumières s'étaient éteintes. Il avait à présent dépassé la soute et se frayait un chemin vers les niveaux inférieurs. Son seul espoir était que Hanine n'ait pas été atteinte par ce qui se passait, peu importe de quoi il s'agissait. Il ne se faisait aucune illusion quant au fait que leurs vies, à Ben et lui, étaient sur le point de changer pour le pire.

Il s'arrêta quand il vit une silhouette tourner dans l'étroit passage. Le juron mourut sur ses lèvres quand il reconnut la silhouette grande et dégingandée de son frère. Il avança rapidement seulement pour ralentir avec colère quand il vit que Ben n'était pas seul.

— Qu'est-ce que tu crois que tu es en train de faire, bon sang ? cracha-t-il dans un murmure féroce. Tu vas les faire tuer !

Il regarda Ben se faire pousser sur le côté quand Hanine se faufila à côté de lui. Un instant plus tard, elle se jetait dans ses bras. Un frisson le parcourut tandis qu'il enroulait ses bras de façon protectrice autour d'elle.

— Que fais-tu ici, Hanine ? Tu devrais être enfermée en sécurité dans tes quartiers, marmonna-t-il contre son cou.

— Ils vont venus nous chercher, murmura-t-elle. Ils ont cassé notre porte. Nous nous sommes échappées. Je ne pouvais pas te laisser. Je t'aime, Aaron. Je ne peux pas te quitter.

Aaron regarda Ben avec des yeux torturés. Il refoula un grognement quand il vit le regret dans les yeux de son frère aîné. Un sentiment de désespoir l'envahit.

— Peut-être que si… commença-t-il à dire.

— Non ! murmura férocement Hanine en mettant ses doigts contre ses lèvres. Evetta et moi avons un plan. Nous sommes toutes les deux d'habiles pilotes. Je peux désactiver leurs navettes. Il y a une navette offensive dans la baie infé-rieure. Elle a été réparée mais jamais déplacée. Je l'ai repro-grammée. Nous devons nous y rendre. Je vais désactiver toutes les autres.

— Et l'autre vaisseau de guerre ? demanda Ben. Il peut toujours se lancer à notre poursuite.

Une lueur froide et mortelle apparut dans les yeux de Hanine.

— Pas si je désactive le système environnemental du *Disappearance*. Les officiers supérieurs sont ici. Ils auront besoin de l'autre vaisseau de guerre s'ils veulent survivre.

Aaron déposa un baiser sur son front.

— T'ai-je déjà dit à quel point je t'aime quand tu es en rogne ? la taquina-t-il.

Hanine se tourna et ses yeux s'adoucirent quand elle regarda Aaron.

— Tu as promis de faire la cérémonie pour nous lier selon les coutumes de ton peuple. Je m'assure que tu tiennes ta promesse.

— Quelle cérémonie ? demanda Evetta en se tournant pour regarder Ben.

— J'ai demandé à Hanine de m'épouser, répondit Aaron avec une étincelle de malice dans les yeux tandis qu'il levait un sourcil en direction de son frère. Je veux qu'elle soit ma femme.

— Peut-on parler de ça une fois que nous serons sortis d'ici ? demanda Ben d'une voix bourrue.

— Est-ce que tu veux ce mariage avec moi aussi ? demanda Evetta à Ben alors qu'il tournait pour suivre Aaron et Hanine qui avançaient dans le long couloir en direction de la soute inférieure. Eh bien ? exigea-t-elle quand il ne répondit rien.

Ben jeta un coup d'œil au dos de son frere qui s'éloignait avant de baisser les yeux vers Evetta qui le fixait avec une expression légèrement blessée. Il effleura tendrement sa joue de ses doigts. Il secoua la tête de frustrations puis déposa un rapide baiser sur ses lèvres retroussées.

— Je veux le faire comme il se doit, admit-il. En ce qui me concerne, tu es déjà ma femme. Evetta, me feras-tu l'honneur de m'épouser ?

— Est-ce que cela veut dire que tu m'appartiens ? demanda Evetta d'un air obstiné.

Ben gloussa avant de se pencher pour murmurer à son oreille. Il adorait le son du vif sifflement quand elle prenait une profonde inspiration et voir l'étincelle scintillante qui apparut dans ses yeux après qu'il se soit éloigné. Un sourire tremblant se dessina sur ses lèvres alors qu'elle leva les yeux vers lui. Il laissa échapper un soupir de soulagement quand elle hocha la tête.

9

*A*ttends ! siffla Ben en tendant la main pour empêcher Evetta de passer la porte d'accès à la baie inférieure. Laisse-nous y aller en premier.

— Il n'y a que deux rayonnements infrarouges, murmura Hanine en retour en montrant du doigt la tablette dans sa main. Evetta et moi pouvons nous charger d'eux.

— Non, dit Ben en secouant la tête avec insistance. Aaron et moi nous chargerons d'eux. Evetta et toi vous rendrez au véhicule et le préparerez. Nous devons partir rapidement. Vous savez comment faire fonctionner le véhicule, nous non.

— Faites attention, murmura Evetta. Tuez-les. C'est le seul moyen. Si vous ne le faites pas, ils vous tueront ou avertiront les autres.

— Ne t'en fais pas pour nous, répondit Aaron. Contentez-vous d'être prêtes à partir dès que possible.

Hanine fit courir ses doigts le long de la mâchoire d'Aaron.

— Je vais désactiver les systèmes environnementaux juste avant que nous partions. Cela va engendrer une confusion générale. J'ai aussi installé un perturbateur qui désactivera les communications, mais seulement pour environ trente secondes. Cela suffira pour que nous partions, expliqua-t-elle avant de déposer un rapide baiser sur ses lèvres. Fais attention, mon mari.

— Laissez-nous le temps d'ouvrir les verrous sur le véhicule avant de baisser la plateforme, murmura Ben a voix basse. Allons-y, Aaron.

Hanine attendit quelques secondes, regardant les deux hommes disparaître dans la baie, avant de se tourner vers Evetta.

— Est-ce que tu es prête ?

Une expression résignée traversa le visage d'Evetta quand elle réalisa que Hanine avait prévu de les téléporter. Elle hocha la tête tandis que la sensation inhabituelle de picotement l'envahit à nouveau. Elle devrait vraiment demander à Hanine où elle avait appris à se servir d'un téléporteur. De ce qu'elle savait, seules les races valdier, sarafin, et curizan maîtrisaient cette technologie.

Ben et Aaron se cachèrent derrière un gros container de stockage et scannèrent la zone. Ben leva la main et fit signe à Aaron avant de commencer à se déplacer autour d'un côté du container. Aaron hocha rapidement la tête à son frère et fit le tour de l'autre côté. Les deux membres de la sécurité s'étaient séparés et fouillaient méthodiquement la baie de réparation inférieure. Ben était reconnaissant que cette zone serve uniquement au stockage et à la réparation de navettes ou de véhicules de transport abîmés. Elle ne nécessitait pas beaucoup de personnel pour en assurer l'entretien.

Il était évident à la façon dont les deux guerriers étaient habillés qu'ils ne faisaient pas partie de l'équipage normal. Ils portaient un uniforme différent qu'il n'avait jamais vu auparavant. Il s'arrêta quand le guerrier qu'il traquait se tourna et s'arrêta, comme s'il sentait qu'il n'était pas seul. Ben recula dans les ombres et attendit. Il espérait que le mâle n'avait pas la même technologie servant à détecter les rayonnements infrarouges que Hanine. Il laissa échapper un soupir silencieux de soulagement quand l'homme se retourna à nouveau.

Ses yeux balayèrent la zone autour du véhicule. Ils devaient tirer les goupilles sur les deux crampons qui maintenaient le véhicule en place. Il était boulonné au sol afin de l'empêcher de bouger si quelque chose venait à arriver au *Disappearance*. Ben dirigea à nouveau ses yeux vers le mâle qui marchait sous l'aile gauche du véhicule.

Serrant le couteau dans sa main gauche, il traversa la courte distance entre eux en un sprint silencieux. Il frappa le garde alors que ce dernier tournait, le touchant au flanc tandis que sa main droite attrapait la main gauche du mâle. Il leva le bras du garde et poussa au loin le pistolet que le mâle tenait. Le garde hurla de douleur alors que la lame le transperçait. Son doigt se ferma par réflexe sur la détente du pistolet laser, lui faisant tirer un coup en l'air.

Ben pivota, tirant la lame à travers le ventre du mâle tandis qu'il lui tordait le bras dans le dos. Le pistolet heurta avec fracas le sol de métal de la baie de réparation. De la sueur perla au front de Ben alors que du sang chaud coulait de la plaie profonde et sur ses mains. Les doigts du garde cherchèrent aveuglément le bras de Ben, mais Ben avait déjà retiré la lame et il lui trancha la gorge.

Il laissa tomber le corps du garde et pivota. Il savait qu'Aaron devait s'être chargé de l'autre mâle ; dans le cas contraire, il aurait été vulnérable durant son combat avec sa cible. Se retournant vers le véhicule, il se hâta de tirer sur la goupille du mécanisme de verrouillage sur le côté gauche.

Il pivota en une posture défensive accroupie quand il remarqua du coin de l'œil une silhouette qui s'approchait. Il

hocha la tête quand il réalisa que c'était Aaron qui s'approchait avant de se reconcentrer sur ce qu'il faisait. Il se focalisa
sur le dégoupillage du deuxième verrou quand la plateforme
du véhicule s'abaissa et Evetta sortit.

— Les systèmes sont prêts, appela-t-elle d'une voix
tendue. Dépêchez-vous ! Hanine a tout programmé pour que
la désactivation des systèmes environnementaux ait lieu dès
que les portes de la baie s'ouvriront. Elle verrouillera les
portes externes afin d'empêcher qui que ce soit d'entrer.

Ses yeux s'écarquillèrent quand elle vit le sang dont Ben
était recouvert.

— Tu es blessé ?

Ben se leva et laissa tomber la lourde goupille.

— Non, ce n'est pas le mien. Allons-y, dit-il, se tournant
pour regarder Aaron en fronçant les sourcils.

Aaron hocha la tête avant de trébucher quand il fit un pas
en avant. Son visage se contracta de douleur et sa peau
devint pâle comme la mort sous son teint naturellement
bronzé. Il baissa les yeux vers sa main tachée de sang avant
de relever la tête.

— Je n'ai pas eu autant de chance, dit-il en grimaçant
tandis que ses genoux le lâchaient avant qu'il ne s'écroule sur
le sol.

Le juron sonore de Ben résonna dans la baie vide au
moment même où le son des alarmes retentit. Il se rua vers
Aaron et passa son bras autour de sa taille. Evetta se précipita
vers eux et agrippa son autre côté.

— Putain, grogna Ben. Allons-y. Aaron, je te jure, tu as
intérêt à rester conscient, bon sang. Je ne vais pas te perdre,
frérot. Tu m'entends. On se tire enfin de ce maudit vaisseau !
Tu ne vas pas me mourir dans les bras maintenant.

Aaron émit un gloussement rauque avant qu'un petit
gémissement ne s'échappe de lui.

— Tu te fous de moi ? Hanine me botterait le cul si je

faisais quelque chose d'aussi stupide que mourir devant ses
yeux.

Ben serra les dents, ignorant le halètement de douleur de
son frère tandis qu'Evetta et lui le portaient et le traînaient à
moitié à bord du véhicule offensif. La plateforme se ferma
derrière eux. Il allongea précautionneusement Aaron sur l'un
des bancs le long des murs internes et le tint fermement
pendant qu'Evetta criait à Hanine de les faire sortir de là.

— S'il… s'il m'arrive quoi que ce soit, murmura Aaron
alors que le véhicule décolla de la baie de réparation inférieure
vers l'espace. Prom… promets-moi que tu prendras soin d'elle.

Le visage de Ben se durcit quand il plongea dans les yeux
emplis de douleur de son frère cadet. Ils avaient traversé tant
de choses ensemble. Il refusait de croire qu'il pouvait le
perdre à présent qu'ils avaient une chance d'être libres.

— Je le promets, mais tu as intérêt à m'écouter, ordonna
Ben à voix basse. Nous allons nous en sortir tout comme
nous nous sommes sortis de toutes les autres choses qui nous
sont arrivées. Je ne peux pas…

Il s'arrêta pour prendre une profonde inspiration quand
sa gorge se serra de peur avant qu'il ne se force à continuer.

— Je ne vais pas te perdre, Aaron. Je ne te perdrai pas.

Les yeux d'Aaron se fermèrent.

— Je t'aime, Ben. Cela fait longtemps que je ne t'ai pas dit
ça, mais je veux que tu le saches, murmura-t-il avant que sa
tête ne tombe sur le côté alors qu'il perdait connaissance.

Ben leva les yeux vers Evetta. Elle se tenait fermement
d'une main à la barre de soutien. Elle avait dans son autre
main un kit médical d'urgence. Des larmes scintillaient avec
éclat dans ses yeux, mais aucune ne coula. Un air de détermination traversa plutôt son visage.

— Hanine dit que plusieurs chasseurs ont été déployés,
l'informa-t-elle. Elle m'a dit de te dire de t'accrocher. Elle va

nous faire passer à travers les restes d'un astéroïde qui a dû être détruit par le vaisseau de guerre de Behr. Il y a beaucoup de gros fragments. Les chasseurs ne pourront pas manœuvrer à travers les débris aussi facilement que notre véhicule. Est-ce qu'il est mort ?

Ben entendit à peine la question tendue qu'elle lui posa à la fin. Il secoua la tête avant de la hocher en direction du kit médical. Il devait arrêter l'hémorragie. Il mettait de la pression, mais il pouvait sentir le sang continuer à couler de la blessure.

— Non, donne-moi le kit. Je vais m'occuper de lui et m'assurer qu'il aille bien pendant que tu aides Hanine. Ne lui dis pas tout de suite, conseilla-t-il. Elle a besoin de rester concentrée sur le fait de nous faire sortir d'ici.

— Bien sûr, répondit-elle avant de lui donner le kit. Je t'en prie... ne le laisse pas mourir, Ben. Hanine prétend être forte, mais cela la tuerait. Je ne peux pas la perdre.

— Il ne va pas mourir, répondit-il d'un ton acharné. Va aider ta sœur.

Evetta hocha la tête et pivota, tombant presque quand la navette bougea brusquement de côté. Hanine hurla depuis l'avant pour qu'Evetta la rejoigne. Ben suivit Evetta du regard tandis qu'elle se hâtait d'aller aider sa sœur avant de focaliser son attention sur Aaron.

Il jura silencieusement quand il vit la profonde coupure sur le flanc d'Aaron. Il espérait qu'aucune artère ou organes vitaux n'avaient été touchés. Il tira le kit médical vers lui et se mit à travailler frénétiquement pour sauver la vie de son frère.

Aaron flotta entre un état conscient et un état inconscient. Il entendit vaguement les jurons de Ben. La douleur explosa en lui, le renvoyant dans l'obscurité.

Des images flottèrent dans son esprit. Il s'était rué sur l'imposant guerrier qu'il traquait quand ce dernier avait entendu Ben attaquer son partenaire. Sa lame avait frappé avec précision, tranchant sans effort la peau du bras du mâle tandis qu'il levait son pistolet pour tirer dans le dos non-protégé de Ben qui luttait contre l'autre guerrier.

Il ne s'était cependant pas attendu à ce que le guerrier se remette si rapidement. L'homme avait laissé tomber son pistolet, mais il avait fait volte-face avec dans son autre main une longue lame qu'Aaron n'avait vue qu'une fois qu'il était trop tard.

Ils avaient lutté, s'agrippant aux bras de l'autre dans une lutte pour la survie. L'imposant mâle avait poussé Aaron en arrière, le faisant trébucher. Il était resté agrippé aux bras de l'homme alors qu'il tombait, le tirant en avant avec lui. La lame du guerrier s'était profondément enfoncée dans son flanc tandis que son couteau avait transpercé la poitrine de l'homme.

Seule sa détermination de rejoindre Hanine lui avait donné la force de retirer la lame de sa chair. Il avait collé sa main à sa blessure et s'était relevé en chancelant.

Il essayait à présent de se concentrer sur la voix de Ben. Il savait qu'ils étaient toujours en danger. Il voulait rester conscient au cas où Hanine ait besoin de lui, mais la douleur était trop forte. Après quelques piètres tentatives pour rester conscient, il avait senti la froideur d'un injecteur contre son cou. Ben était déterminé à le protéger de la douleur. Un petit sourire se dessina sur ses lèvres alors que le médicament se répandait dans son corps.

Toujours le grand frère protecteur, pensa Aaron avant de céder au sédatif.

10

— *S*on état empire, murmura Hanine au
désespoir, levant les yeux vers Ben et Evetta.
Cela faisait presque deux semaines qu'ils s'étaient
échappés du *Disappearance*. Ils avaient passé presque une
semaine cachés dans la ceinture d'astéroïdes. Atteindre le
spatioport de Kardosa leur avait pris quatre jours de plus.
Evetta avait obtenu un appartement décrépi dans l'un des
ponts inférieurs. C'était le mieux qu'ils pouvaient faire vu
qu'ils étaient à court de crédits. Evetta travaillait avec l'un des
« marchands » locaux pour vendre le véhicule offensif volé.

— Il a besoin d'un médecin, dit Ben, frustré. Nous n'avons
plus de médicaments et sa blessure est infectée. Si nous n'allons pas bientôt chercher de l'aide, il ne survivra pas. Je vais
aller voir si je peux en trouver un.

— Non, c'est trop dangereux pour toi de sortir, dit Evetta
en fronçant les sourcils d'un air inquiet. Je n'ai pas vu
d'autres comme toi sur ce spatioport auparavant. Tu attireras
trop l'attention.

Hanine qui était assise sur une chaise usée à côté du lit

leva brièvement les yeux avant de regarder à nouveau Aaron. Elle passa le chiffon humide sur son front brûlant. La peur, la douleur et l'épuisement traversèrent son visage avant que la détermination ne s'y installe.

— Je vais lui trouver un guérisseur. Je ne le laisserai pas mourir, jura Hanine. Evetta et moi irons, dit-elle en se levant de la chaise. Nous reviendrons avec un guérisseur, même si nous devons le kidnapper. Je suis la seule à savoir comment utiliser le téléporteur pour revenir ici. J'ai dû apporter quelques modifications au programme afin qu'il ne soit pas détecté par le réseau de sécurité du spatioport. Il faudra peut-être que je l'ajuste encore un peu au cas où ils aient mis leurs codes à jour.

Ben grogna de frustration.

— Je ne veux pas qu'aucune de vous ne sorte ! Et si un Marastin Dow vous voyait ? Ils vous cherchent toujours. Ils ne sont pas au courant pour moi, insista-t-il.

— Tu es trop insolite et tu ne sais pas ce que nous cherchons, nous le savons, dit Hanine avec obstination. J'ai besoin que tu t'occupes d'Aaron jusqu'à ce que je revienne. Ne le laisse pas mourir ! Nous serons de retour dans peu de temps.

Evetta mit tendrement sa main sur le bras de Ben quand il ouvrit la bouche pour argumenter. Elle attendit qu'il baisse les yeux vers elle pour parler. Elle lui adressa un sourire rassurant. Hanine avait raison, elles seules savaient quoi chercher. Elles s'étaient rendues sur Kardosa plusieurs fois au court des six dernières années. Cela avait été l'un des rares moments où elles avaient quitté les vaisseaux de guerre auxquels elles étaient assignées.

— Elle a raison, Ben. Tu attirerais l'attention des marchands d'esclaves. Nous sommes déjà venues ici auparavant. Nous avons une bonne idée d'où trouver un guérisseur et nous pouvons revenir rapidement, murmura Evetta.

Ben attira Evetta dans ses bras et la serra fermement contre son corps. Le désespoir l'envahit ; la peur d'être capturés et avoir utilisé la majeure partie des crédits qu'ils avaient pour obtenir une chambre avait laissé peu pour la nourriture. Ils mourraient de faim. Ils avaient dépensé le peu qu'ils avaient dans des médicaments pour Aaron. Ils lui avaient donné les quelques boissons nutritives qui restaient du matériel de survie qu'ils avaient récupéré à bord du véhicule.

— Promets-moi que vous ferez attention, marmonna Ben en frottant sa joue contre le sommet de la tête d'Evetta. Je t'en prie. Je ne pense pas que je pourrais supporter de perdre et mon frère et toi.

Il poussa un gros soupir quand il sentit les bras d'Evetta se serrer fermement autour de sa taille. Elle le serra contre lui avant de plaquer un baiser contre son cou. Elle se pencha en arrière et leva les yeux vers lui.

— Nous reviendrons. Je te le promets. Laisse-nous y aller. Plus vite nous partons, plus tôt nous reviendrons.

Elle soupira quand ses bras retombèrent à contrecœur en réaction à sa promesse.

— Hanine, fais ce que tu peux, dit Ben en reculant. Juste… faites attention… toutes les deux.

— Nous ferons attention, murmura Hanine. Je vais marquer l'autre pièce pour notre retour. Il vaut mieux ne pas se servir du téléporteur à moins que cela soit absolument nécessaire. La sécurité de la station sera capable de relever la perturbation dans le réseau d'énergie si j'utilise le programme. Si possible, je préfère ne pas l'utiliser.

Ben hocha la tête tandis que les deux femmes enfilaient des capes sombres. Il savait d'après ce qu'il avait vu en regardant par la petite fenêtre sale qu'elles se fondraient dans la masse des autres résidents du spatioport. Evetta jeta un coup d'œil dans le couloir extérieur avant de murmurer à sa sœur.

Une fois qu'elles furent sorties, Ben se dirigea vers la porte et toucha le panneau pour la verrouiller. Un gémissement bas provenant de l'autre pièce attira son attention sur la situation désespérée dans laquelle ils se trouvaient. Il n'était pas sûr qu'Aaron survivrait un jour de plus si les femmes ne trouvaient pas de guérisseur.

— Evetta, regarde ! siffla Hanine avec frénésie depuis l'entrée étroite entre deux étals du marché bondé.

Les yeux d'Evetta s'écarquillèrent quand elle vit ce que Hanine lui montrait. Une femme élancée d'une couleur très inhabituelle marchait à travers le couloir débordant du spatioport.

— Elle est exactement comme nos maris, marmonna Evetta d'une voix excitée. Elle saura comment guérir Aaron.

— Attends ! cracha Hanine. Regarde-la ! Regarde qui marche à ses côtés.

Evetta étudia la silhouette pâle pendant un bref instant avant de laisser ses yeux se déplacer vers ses compagnons. Elle grimaça quand elle vit les deux immenses guerriers valdiers. Ils étaient non seulement des métamorphes dragons, mais ceux deux-là étaient aussi identiques, faisant d'eux des opposants mortels. Les dragons jumeaux étaient connus comme étant pratiquement impossible à vaincre lors d'une bataille. En plus de cela, si les guerriers et leurs dragons ne tuaient pas leurs opposants, leurs symbiotes le faisaient.

Les yeux d'Evetta se dirigèrent vers les trois grandes créatures dorées qui marchaient près d'elle. La frustration et le désespoir se firent face tandis qu'elle regardait leur seule chance de sauver la vie d'Aaron glisser entre leurs doigts.

— Qu'allons-nous faire ? demanda Evetta.

— Nous les suivons et attendons une occasion de prendre la femelle, répondit Hanine d'une voix dure. Je ne perdrai pas cette chance de sauver la vie de mon compagnon. Sa présence ici est un signe de la Déesse. Elle porte sur elle l'or guérisseur. Il n'y en a pas assez pour nous attaquer, mais ce sera peut-être assez pour soigner Aaron. Elle est comme lui et il ne l'a pas tuée. Elle peut le faire le soigner.

— Et si les autres sont avec elle ? Ils nous tueront dès l'instant où nous nous approcherons d'elle, répondit Evetta en fronçant les sourcils d'inquiétude.

— Nous nous téléporterons à l'appartement avant qu'ils puissent le faire. Allons-y, ils se déplacent à nouveau, dit Hanine, se déplaçant sans attendre de voir si sa sœur la suivait.

Elle refusait de perdre cette chance de sauver Aaron. Elle ferait tout ce qui serait nécessaire, elle saisirait n'importe quelle chance, si cela signifiait lui sauver la vie. Si elle ne le faisait pas et qu'il mourrait… son esprit se déroba à cette pensée.

La Déesse ne m'aurait pas donné ce signe si elle ne voulait pas que mon Aaron vive, pensa-t-elle alors qu'elle slalomait entre les autres piétons à la recherche d'articles dans le marché grouillant.

Hanine entra la première dans le bar. Evetta et elle avait décidé qu'il serait plus difficile de les remarquer si elles se séparaient. Elle passa la porte d'entrée de la taverne quelques minutes après que le petit groupe soit entré pendant qu'Evetta faisait le tour et entrait par l'arrière. Elles s'assié-raient aussi à des endroits différents. La plupart des espèces savaient que les Marastin Dow voyaient en groupe ; non pas pour leur propre sécurité vu qu'ils étaient souvent dangereux les uns pour les autres, mais car ils n'attaqueraient pas une espèce plus forte sans un soutien numérique.

Hanine secoua la tête quand la grande serveuse à la peau rouge se dirigea vers elle. Elle ignora le rictus sur le visage de la créature alors qu'elle haussa les épaules et pivota plutôt pour aller servir deux Tiliquas. Cette espèce de petits reptiles à deux têtes était connue pour leurs talents dans les affaires.

Elle jeta un coup d'œil à Evetta qui s'était assise dans le coin opposé près des toilettes. Ses yeux retournèrent vers les deux immenses guerriers. Elle refusa de penser aux trois autres mâles qui avaient rejoint le petit groupe. Elle ignora le vieux mâle et le jeune garçon qui ressemblaient également à son compagnon. Ils n'avaient pas la même apparence puis-sante que la femme.

Elle se mordit la lèvre inférieure d'inquiétude. Trois guer-riers valdiers et leurs symbiotes seraient impossibles à vaincre. Si les mâles et leurs symbiotes ne les tuaient pas, sa sœur et elle, ils seraient inarrêtables une fois qu'ils se seraient transformés en leurs dragons.

— Qu'allons-nous faire ? résonna la voix d'Evetta dans la petite oreillette de communication qu'elle portait.

— Je ne sais pas, admit Hanine entre ses dents. Regarde ! Les Dragons Jumeaux s'en vont !

— Oui, mais les créatures d'or restent à ses côtés, marmonna Evetta de frustration.

Hanine regarda sa sœur tourner la tête et prétendre d'ajuster la botte sur sa jambe gauche quand l'un des Dragons Jumeaux passa à côté d'elle et sortit par la porte de derrière. Elle relâcha sa respiration quand l'autre la dépassa sans regarder dans sa direction. Il semblait en vérité énervé et distrait. Elle se demanda brièvement si le petit mâle les avait contrariés à en juger par l'expression consternée sur son jeune visage alors qu'il regardait le premier guerrier valdier puis l'autre partir

Peu importe ce qu'il s'était passé, Hanine en était reconnaissante. Elle regarda la barmaid amener leur commande et la poser sur la table devant eux. Un instant plus tard, le visage de la femelle prit une couleur pâle et maladive qui rappela à Hanine le visage d'Aaron quand Ben avait recousu son flanc pour la première fois.

— Maintenant, Evetta, siffla Hanine. Elle va aux toilettes.

Hanine se leva et passa nonchalamment à côté de la table. Son cœur martela dans sa poitrine quand les deux tigres-garous et l'immense créature ayant la forme d'un « chien » se tournèrent pour la suivre un bref instant. La nostalgie lui serra le cœur avec force. C'était grâce à Aaron qu'elle savait ce qu'était un « chien ». Il lui en avait fait un petit avec le papier qu'il avait créé. Il avait dit que c'était pour la protéger quand il ne pourrait pas être avec elle. Il lui avait aussi dit qu'un chien était fidèle, aimant, et protecteur, et qu'il resterait toujours à ses côtés même quand elle n'était pas très gentille.

— Oh, Aaron, murmura Hanine tandis que des larmes lui brûlèrent les yeux. Je t'en prie, accroche-toi pour moi.

La porte des toilettes s'ouvrit alors qu'elles attendaient dans le passage sombre. Hanine regarda les yeux de la femelle s'écarquiller de surprise avant de rouler vers l'arrière quand Evetta lui pulvérisa leur dernier spray sédatif au visage. Elle jeta un coup d'œil par-dessus son épaule tandis qu'Evetta enroula son bras autour de la silhouette inconsciente.

Quelques secondes plus tard, elle entendit le guerrier

valdier restant hurler en même temps que l'immense créature dorée scintilla et changea sa forme de chien pour celle d'un énorme tigre-garou très en colère. Elle serra la tablette dans sa main et pressa la commande pour les téléporter à leur appartement. Tout devint flou l'espace d'un instant tandis que leur entourage disparaissait.

*B*en sursauta quand Hanine, Evetta et une troisième silhouette apparurent soudainement dans la petite zone de vie. Il pâlit quand il reconnut les traits familiers humains de la femme dans les bras d'Evetta. Il se rua en avant et prit précautionneusement la femme inconsciente dans ses bras.

— Je croyais que vous étiez parties chercher un guérisseur ! Vous avez dit qu'il n'y avait pas d'autres humains sur ce spatioport, grogna-t-il alors qu'il passa la porte menant à la seconde chambre et allongea la femme sur les couvertures usées mais propres. Qu'est-ce que vous avez fait ?

— Elle est comme vous, cria Hanine sur la défensive. Regarde-la ! Elle saura comment réparer Aaron. Elle était avec les métamorphes dragons. Elle porte leur or.

Ben jeta un regard impatient à Hanine avant que ses yeux ne rencontrent les yeux inquiets d'Evetta.

— Qu'est-ce que leur or a à voir avec quoi que ce soit ? Est-ce qu'on peut s'en servir pour payer un guérisseur ?

Il regarda Evetta jeter nerveusement un coup d'œil à la porte dans l'autre pièce puis par la fenêtre. Quelque chose clochait. Il pouvait sentir la tension émaner d'Evetta alors qu'elle jetait un œil au chemin avant de finalement le regarder.

— Non, répondit-elle doucement. Leur or est une créature vivante. Il est magique.

— Il peut soigner Aaron si elle le lui demande, dit Hanine au désespoir. Je t'en prie, ça peut le sauver. Elle peut le sauver. Je t'en prie, Ben. Je ne peux pas… je ne peux pas le perdre.

Ben jeta un regard impuissant à Hanine. Des larmes silencieuses coulaient sur son visage où la peur et l'épuisement avaient tracé des lignes profondes autour de ses yeux et de sa bouche. Il baissa à nouveau les yeux vers l'humaine inconsciente. Cela faisait si longtemps qu'il n'avait pas vu un autre être humain que pour lui, elle avait plus l'air d'un extraterrestre qu'Evetta.

— D'accord, consentit-il d'un ton las. Mais je pense qu'il vaudrait mieux que cela soit moi qui lui explique. Elle m'écoutera peut-être.

— Merci, murmura Hanine en essuyant les larmes sur ses joues. Est-ce que Aaron… ?

— Toujours pareil, admit Ben. Peut-être un peu plus faible.

Le visage de Hanine se crispa mais elle n'émit pas un son. Il la regarda pivoter rapidement et se précipiter dans l'autre pièce, où se trouvait son frère. Il sursauta quand il sentit une main gracile sur son épaule. Ses yeux montèrent jusqu'à ce qu'ils plongent dans les yeux sombres et inquiets d'Evetta.

— J'espère qu'elle peut nous aider. Il est très dangereux pour nous de l'avoir ici. Il ne faudra pas longtemps à ceux avec qui elle était pour la trouver, dit Evetta d'une voix pesante. S'ils la trouvent, ils nous tueront, Hanine et moi. Les Valdiers n'aiment pas les Marastin Dow.

Un rire amer s'échappa d'Evetta avant qu'elle ne s'appuie

avec lassitude contre le flanc de Ben alors qu'il enroula son bras autour d'elle.

— Aucune espèce ne tient à nous, pas même notre propre peuple. Quand ils viendront, éloigne-toi de nous et n'essaye pas de les arrêter. Ils sont trop puissants. Je ne pense pas qu'ils vous feront du mal, à Aaron et toi.

Ben se leva et prit Evetta dans ses bras. Il plaquant un baiser puissant et brûlant contre sa bouche. Il gémit doucement face à sa réponse désespérée. Il enroula ses doigts dans ses cheveux et tira sa tête en arrière jusqu'à ce qu'elle soit forcée de le regarder.

— Je te protégerai de ma vie. Je ne laisserai personne vous faire du mal à Hanine et toi aussi longtemps que je respirerai, jura-t-il. S'ils viennent, nous nous en occuperons ensemble.

Les yeux d'Evetta s'adoucirent.

— Je t'aime, Ben Cooper. Tu es un homme fort et noble. Je remercie la Déesse chaque jour pour t'avoir amené dans ma vie.

Ben gloussa alors qu'il déposa un autre baiser sur ses lèvres retroussées.

— Un jour, je serai capable de te donner un foyer digne de ce nom. Un endroit que nous pourrons appeler le nôtre. Un endroit où nous pourrons vivre sans peur.

— Un endroit où nous pourrons élever nos enfants sans crainte ni douleur ? demanda Evetta avec espoir, cherchant désespérément une image à laquelle se raccrocher en attendant que les Valdiers apparaissent.

Ben pâlit un peu à l'idée d'enfants avant de secouer la tête d'émerveillement. Il n'avait jamais pensé au fait de devenir père. Diable, il n'avait même jamais pensé au fait de devenir un mari. De la chaleur s'enflamma en lui quand il baissa les yeux vers l'expression pleine d'espoir d'Evetta.

— Trouvons-nous d'abord une maison, ensuite nous parlons d'avoir des enfants, suggéra-t-il.

Il se tourna pour baisser les yeux vers la silhouette immobile.

— Quelque chose me dit qu'elle est sur le point de se réveiller. Va jeter un œil à Hanine. Je m'inquiète pour elle.

— Merci, Ben, dit Evetta en s'éloignant de lui à contre-cœur. De m'avoir donné quelque chose à rêver.

Ben regarda Evetta quitter silencieusement la pièce. Ses yeux s'attardèrent sur le doux renflement de ses hanches. Il sentit la réaction de son corps à l'idée de fonder une famille avec elle. Des rêves… Il espérait qu'il y avait vraiment quelque part une Déesse qui veillait sur eux. Avec un peu de chance, elle verrait quelque chose en eux qui valait la peine d'être sauvé.

Il se tourna quand il sentit une immobilité inhabituelle dans la silhouette allongée sur le lit. Il semblait que leur invitée était en train de se réveiller. Il espérait seulement qu'elle serait disposée à l'écouter avant d'exiger d'être ramenée à ses amis.

Carmen Walker fronça les sourcils alors qu'elle restait immo-bile. Son esprit passa rapidement les évènements en revue. Elle était en train de profiter de son premier voyage sur un spatioport extraterrestre. Elle était habituée à l'idée des extraterrestres. Diable, elle avait plutôt intérêt vu qu'elle en était une à présent.

Elle était peut-être humaine, mais son accouplement avec un métamorphe dragon valdier avait eu des conséquences inattendues. En tant que l'âme sœur d'un mâle valdier, elle était acceptée par ses trois éléments : l'homme, le dragon et son symbiote. L'autre conséquence inattendue était le chan-gement dans son propre corps après qu'il l'ait revendiquée.

Carmen entendit les faibles bruits de voix féminines en

arrière-plan, mais elles n'étaient pas dans la même pièce. Elle ouvrit prudemment les yeux, les clignant rapidement pour éclaircir sa vision. Elle sursauta de surprise quand elle vit une paire d'yeux marron foncé lui rendre son regard. De l'inquiétude les brouilla alors qu'ils se baissèrent vers elle.

— Est-ce que tu me comprends ? demanda le mâle d'une voix qui donnait l'impression que cela faisait longtemps qu'il n'avait pas parlé anglais.

— Qui es-tu ? Qu'est-ce que tu fais ici ? demanda Carmen, confuse.

L'homme lui sourit nerveusement.

— Mon nom est Ben Cooper. Est-ce que tu vas bien ? Je suis désolé pour ce qu'il s'est passé. Je ne savais pas qu'Evetta et Hanine feraient ça, répondit-il doucement.

Les yeux de Carmen le suivirent alors qu'il tirait une chaise près du lit. Ses yeux volèrent en direction des deux femmes à la peau violette qui étaient entrées dans la pièce et qui se tenaient calmement derrière lui. L'une d'entre elle se mordait la lèvre tandis que l'autre regardait Ben d'un air inquiet. L'un des femmes dit quelque chose à Ben avant de pivoter et de disparaître à nouveau dans l'autre pièce.

— Pourquoi… pourquoi m'ont-elles kidnappée ? demanda Carmen en fixant l'étrange femme qui se tenait derrière lui.

Ben regarda prudemment la femme pousser pour se redresser dans une position assise. Il ne dit rien alors qu'elle balaya la pièce du regard. Il savait ce qu'elle verrait. La pièce était sombre, seules quelques petites lumières étaient allumées. Les murs étaient foncés et usés, mais la pièce était propre même si les meubles et les installations étaient abîmés.

Il étudia lui aussi la pièce, essayant de la voir comme ses yeux à elle la voyaient. Les murs et le sol étaient d'un gris terne. Les meubles étaient épars avec seulement un lit simple, une petite table, et une chaise. La pièce externe n'était pas bien mieux. Elle verrait qu'elle ne contenait qu'une table usée et quatre chaises.

— Où suis-je ? demanda Carmen en faisant revenir son regard sur lui.

— Dans l'appartement que nous louons temporairement, répondit doucement Ben.

Il se tourna légèrement et tendit la main.

— Voici Evetta. Elle est mon épouse, dit-il d'une voix douce tandis que ses doigts se refermaient sur les doigts violets graciles. Mon frère et moi avons été kidnappés sur Terre il y a presque quinze ans. Nous avons été vendus plusieurs fois en tant qu'esclaves avant que le cargo sur lequel nous servions ait été attaqué par le vaisseau de guerre sur lequel Evetta et sa sœur furent plus tard transférées. Nous avons convaincu chaque espèce depuis notre enlève-ment que mon frère, Aaron, et moi ne pouvions être séparés sans quoi nous mourrions. Evetta et sa sœur travaillaient en tant que spécialistes en ingénierie et en programmation sur le vaisseau de guerre qui a détourné le nôtre.

— J'ai vu Ben, dit Evetta d'une voix hésitante en regardant Ben avec un doux sourire. Son toucher et sa voix m'ont fait ressentir des choses que je n'avais jamais ressenties aupara-vant. Je donnerai ma vie pour lui. Il est mon mari, dit-elle fièrement en lui souriant.

Ben rendit son sourire à Evetta avant de tourner à nouveau son regard vers Carmen avec une expression sérieuse.

— Nous sommes en cavale depuis que nous nous sommes échappés il y a deux semaines. Aaron a été blessé lors de notre évasion. Il a besoin d'aide. Evetta et Hanine étaient à la recherche d'un guérisseur qui accepterait de travailler pour pas cher. Nous n'avons pas beaucoup de crédits, dit-il avec lassitude. Je suis trop insolite pour sortir. Cela aurait immédiatement attiré l'attention.

Evetta regarda Carmen.

— Ma sœur et moi t'avons vue. Tu ressemblais à mon mari et à son frère. Nous avons pensé que tu saurais comment guérir le mari de ma sœur. Il souffre beaucoup. Tu voyages avec les Valdiers. Leur or est magique. Tu vas t'en servir pour le soigner, dit Evetta avec détermination. Le mari de ma sœur ne peut pas mourir.

Ben attendit pendant que les yeux de Carmen faisaient des allers-retours entre Evetta et lui comme si elle essayait de prendre une décision. Après plusieurs longues secondes, elle relâcha sa respiration. Ben se poussa en arrière quand elle balança ses longues jambes par-dessus le lit.

— Laissez-moi lui jeter un œil. Je ne serai peut-être pas capable de faire grand-chose, mais le guérisseur à bord du *Horizon* peut l'aider, dit-elle en se lavant du lit étroit. Je ferai tout ce qui est en mon pouvoir pour vous aider, ajouta-t-elle en mettant sa main sur le bras de Ben en signe d'encouragement. Ton frère, vos femmes, et toi êtes les êtes les bienvenus à venir avec nous quand nous partirons. Nous avons deux autres Humains qui ont été enlevés eux aussi. J'espère que mon compagnon les ramènera sur Terre.

Ben sourit à Evetta quand elle retira prudemment la main de Carmen de son bras avant de l'attirer contre elle. Il enroula son bras autour de sa taille et la serra avec assurance avant de lui murmurer qu'il l'aimait. Il lui rappela gentiment qu'il ne partirait jamais, même si on lui donnait la chance de rentrer sur Terre. Sa place était à ses côtés à présent.

Il regarda à nouveau Carmen.

— J'apprécie l'offre. Nous serions heureux d'être emmenés en lieu sûr mais ni mon frère ni moi ne pouvons rentrer sur Terre. Comme tu peux l'imaginer, Evetta et

Hanine ne se fondraient pas dans la masse, et nous ne les laisserons pas, dit Ben d'une voix calme et déterminée.

— Je comprends exactement ce que tu ressens. Allons jeter un œil à ton frère, répondit Carmen avec un petit sourire.

Ben tourna et se dirigea dans l'autre pièce. Aaron était allongé sur un lit étroit appuyé contre le mur. Ben regarda son frère ouvrir des yeux emplis de douleur pour fixer la femelle humaine. Il était trop épuisé pour ne serait-ce que montrer s'il était surpris de voir un autre être humain. Hanine se pencha vers lui et essuya tendrement son front avec un chiffon humide. Elle se tourna et regarda Carmen avec des yeux suppliant.

— S'il te plaît, aide mon mari, dit lentement Hanine. Il souffre beaucoup.

— Je vais voir si je peux aider, répondit Carmen d'une voix douce. Je vais contacter mes amis. Il aura besoin de plus que ce dont je suis capable.

— Non ! dit Hanine en se levant pour se tenir de façon protectrice devant Aaron. Tu aides ! Tu es comme lui ! Tu sais comment le guérir.

— Je ne suis pas guérisseuse, Hanine, répondit prudemment Carmen. Je ferai cependant tout ce qui est en mon pouvoir pour l'aider. S'il te plaît, fais-moi confiance. Je ne ferai de mal à aucun d'entre vous.

Hanine fixa Carmen avant de se déplacer à contrecœur sur le côté. Cela la tuait de voir Aaron souffrir autant et être aussi faible. Elle regarda la femelle extraterrestre passer sa main sur le front d'Aaron avant de relever doucement le bandage sur sa blessure.

— C'est infecté, fit remarquer la femelle en tirant la couverture plus loin.

Hanine regarda la femelle s'arrêter et fixer l'or qu'elle avait au poignet. Elle sembla se disputer silencieusement avec. Après une minute, l'or finit par se dissoudre. Hanine regarda avec espoir et émerveillement tandis que l'or coula sur la plaie béante et infectée sur le flanc d'Aaron. Il ne resta contre lui que quelques secondes, mais Hanine vit que la peau ne semblait plus aussi rouge qu'auparavant. Les yeux de Hanine volèrent vers la femelle humaine quand l'or se reforma autour de son poignet sans avoir complètement soigné Aaron.

La femme secoua la tête et se leva.

— Sa blessure est trop grave et mon symbiote est trop petit pour la soigner complètement. Il a pu retirer la majeure partie de l'infection et a nettoyé la plaie. Il a besoin de soins supplémentaires que mon symbiote ne peut lui procurer, expliqua-t-elle en se tournant pour les regarder.

— Non ! Tu le forces à le guérir ! Je veux qu'il soit guéri ! exigea Hanine avec colère.

Aaron souffrait toujours beaucoup. Hanine sentit le mur du désespoir et de l'impuissance se briser autour de son cœur. Cela en était trop ; la peur constante, savoir qu'elle ne pouvait rien faire pour aider son compagnon, et ensuite le refus de la femelle de le soigner. Tout cela en était trop pour le fragile contrôle qu'elle maintenait sur ses émotions. La femelle lui rendit son regard, restant immobile même alors que Hanine avait sorti l'épée laser du fourreau à son flanc.

— Il est trop grièvement blessé pour qu'il le soigne complètement, insista calmement la femme. Hanine, je sais comment c'est de perdre quelqu'un que l'on aime. Si tu me laisses contacter mon peuple, il pourra survivre. Je t'en prie. C'est le seul moyen.

— C'est un piège, murmura Hanine d'une voix rauque, levant son épée laser. Tu pourrais le guérir si tu le voulais, mais tu penses nous piéger et nous dénoncer. Mon mari ne mourra pas !

— Hanine, murmura une voix faible. Elle a raison. J'ai senti qu'il a fait ce qu'il a pu, mon cœur. Fais-lui confiance, se força à dire Aaron d'une voix sèche et rauque en levant les yeux vers elle. Pour moi… pour nous. Fais-lui confiance.

Hanine commença à répondre quand la porte de leur petit appartement miteux se brisa. Elle cria quand un tigre-garou extrêmement furieux emplit l'embrasure de la porte. De longs tentacules dorés se projetèrent en avant, s'enroulant autour de son bras et la tirant brusquement et brutalement vers lui pendant qu'une autre section d'or flotta pour aller former un bouclier devant la femelle humaine.

Le chaos explosa tandis qu'Aaron, toujours allongé sur le lit étroit, rugit faiblement pendant que Ben poussait Evetta derrière lui. Le cri sonore de Hanine résonna dans la pièce tandis que la créature d'or la tira sous son énorme corps.

Quelques secondes plus tard, les deux immenses silhouettes des Dragons Jumeaux de la taverne faisaient irruption dans la pièce, épées laser et pistolets à la main. L'un d'eux leva son pistolet et visa le centre de la poitrine de Ben tandis qu'il protégeait Evetta. Seule Carmen resta calme alors que le monde explosait autour d'eux.

— Cree ! N'y pense même pas ! hurla Carmen aussi fort qu'elle le pouvait. Harvey, lâche immédiatement Hanine ! Je suis sincère. *Immédiatement !*

Les yeux de Hanine étaient figés sur Aaron alors même que la créature la retenait prisonnière. Elle ignora la douleur quand deux dents telles des dagues percèrent la peau de sa gorge. Elle lutta en vain pour s'échapper. Sa seule pensée était qu'elle devait protéger Aaron.

— Calme-toi, exigea Carmen d'une voix sévère. Laisse-moi sortir, Harvey.

Les yeux de Hanine se dirigèrent vers la femelle humaine alors que le bouclier scintillant autour d'elle se dissolvait. La femelle fit un pas vers elle. Hanine leva les yeux vers elle alors qu'elle chassait la créature dorée. Elle accepta prudemment la main tendue de la femme.

— Voici Harvey, expliqua Carmen avec un petit sourire tandis que Hanine se mettait légèrement derrière elle dans une tentative de s'éloigner de la créature qui avait failli la tuer. Ces deux-là sont les Jumeaux Bobbsey, Cree et Calo. Ne vous inquiétez pas de savoir lequel est lequel. Ils répondent aux deux noms.

— Je te jure, Carmen, marmonna Calo d'une voix sombre. Par les couilles du dragon, que se passe-t-il et pourquoi protèges-tu deux saloperies de Marastin Dow ?

— Ta gueule, grogna Ben en faisant un pas vers Calo. Les saloperies dont tu parles sont ma femme et la femme de mon frère !

L'autre guerrier Dragon Jumeau siffla entre ses dents.

— Tu t'es accouplé avec l'une d'entre elle ? demanda Cree avec un sourcil relevé et en regardant Hanine et Evetta d'un air surpris.

— Oui, répondit sèchement Ben. Je me fous de ce que tu en penses. Si tu ne peux pas être poli envers elle, alors garde ta bouche fermée, ou je la fermerai pour toi.

Calo gloussa.

— On dirait qu'une bonne brise suffirait à te mettre K.O., fit-il remarquer nonchalamment avant de se retourner vers la femelle humaine. Carmen, est-ce que tu veux expliquer pourquoi Cree et moi ne devrions pas les tuer ?

— Parce que si vous le faites, je devrai vous botter le cul à tous les deux, et je ferai ensuite savoir à Creon que vous m'avez contrariée. Je pense que cela suffira à le faire vous tuer, rétorqua Carmen. Evetta et Hanine m'ont vue et ont su que j'étais humaine comme Ben et Aaron. Aaron a besoin d'attention médicale immédiatement. Elles ont cru que je pourrais l'aider vu que nous sommes de la même espèce. Maintenant, arrêtez d'être de tels abrutis et aidez-moi à les ramener au *Horizon*.

Cree regarda sceptiquement Hanine avant de se tourner pour regarder Evetta.

— Tu te rends compte que les Marastin Dow ne sont pas dignes de confiance ? commenta-t-il.

Hanine baissa la tête pour cacher son sourire quand Carmen leva son majeur en direction du guerrier Dragon Jumeau.

— Va te faire voir, Cree. Je leur fais confiance. Si je généralisais tous les Valdiers de la même façon que vous le faites avec les Marastin Dow, je ne ferai confiance à aucun d'entre vous.

Hanine, Ben et Evetta se regardèrent d'un air amusé pendant que la femelle insolite ordonnait aux guerriers dragons de tous les emmener au vaisseau de guerre. Ce ne fut que lorsque le petit gémissement de douleur d'Aaron résonna dans la pièce que l'attention de tous fut reportée sur l'urgence de la situation.

— Nous devons l'emmener à bord du *Horizon* sans trop attirer l'attention, expliqua Carmen aux Dragons Jumeaux d'une voix emplie d'inquiétude. Ben et Evetta sont inquiets qu'il puisse y avoir quelques Marastin Dow toujours à leur recherche.

Tout le monde se tourna vers Evetta quand elle s'exprima doucement. Ses yeux étaient rivés sur sa sœur alors qu'elle parlait. Elle savait que ce qu'elle était sur le point de leur révéler leur coûterait un outil précieux s'ils venaient à avoir besoin de s'échapper, mais à l'heure actuelle, Aaron était plus important que le téléporteur portable que Hanine avait créé.

— Hanine a déjà réglé ce problème, dit Evetta en hochant la tête en direction de sa sœur. Emmène-nous à leur baie d'amarrage, Hanine.

Hanine leva une ardoise informatique dans ses mains et toucha une série de commandes.

— Accrochez-vous, dit-elle avec un sourire avant de l'effleurer à nouveau du doigt.

*H*anine se mordit la lèvre tandis que deux immenses guerriers mettaient Aaron sur un skiff médical. Elle avait téléporté le petit groupe dans la baie d'atterrissage où le vaisseau de guerre valdier était amarré. Un des immenses guerriers avaient appelé une équipe médicale dès qu'ils étaient arrivés. Quelques minutes plus tard, Aaron avait été transféré au skiff médical. Elle ignora les regards suspicieux que les guerriers valdiers ne cessaient de lui jeter ; elle ne se souciait que d'Aaron. Il était devenu extrêmement pâle et était allongé très immobile.

Un autre grand guerrier valdier portant le symbole d'un guérisseur vint jeter un œil à la plaie sur le flanc d'Aaron. Hanine avança d'un air protecteur vers son compagnon. Ses yeux passèrent d'Aaron au mâle.

— Je vous en prie… commença-t-elle à dire. Je vous en prie, aidez-le. Je l'aime tant. Je vous en prie, guérissez-le.

Tandor, l'Officier Médical en Chef à bord du *Horizon*, sursauta de surprise quand il sentit la main gracile lui toucher le bras. Ses yeux allèrent brusquement des doigts violet pâle au visage de la femelle marastin dow qui le fixait, son cœur dans les yeux. Il jeta un coup d'œil à Cree et Calo qui haussèrent les épaules.

— Que s'est-il passé ? demanda Tandor plus par curiosité que par réel besoin de savoir.

Il était évident que le mâle avait une blessure due à une lame qui nécessitait une attention immédiate. Ce qui le laissait perplexe était la raison pour laquelle une Marastin Dow était dans son unité médicale.

— Il est mal en point. Pourquoi n'a-t-il pas été traité plus tôt que cela ?

Tandor regarda la lèvre inférieure de la femelle trembler et une unique larme rouler le long de sa joue. Il fut surpris quand une vague de remord l'envahit face à sa question insensible. Il décida que la meilleure chose à faire était de mettre l'humain dans un lit régénérant et de lui faire une perfusion de nutriments. Il découvrirait ce qu'il s'était passé une fois que le mâle serait stable.

— Est-ce que vous pouvez le sauver ? demanda l'autre mâle humain d'une voix bourrue. C'est mon frère.

Tandor leva un sourcil quand il vit que le bras du mâle était enroulé de façon protectrice autour de l'autre femelle marastin dow. Secouant la tête avec étonnement, il réalisa que le mâle avait mal compris sa réponse quand il entendit le vif sifflement.

— Oui, assura rapidement Tandor au mâle. Votre frère va se remettre. Je voulais juste… oh, tant pis. Emmenez-le dans l'autre pièce. Je dois finir de nettoyer la plaie et la fermer. Il aura besoin de passer au moins un jour ou deux dans le lit régénérant. Il sera faible quand il en sortira, mais avec une bonne alimentation et du repos, il devrait se remettre totalement.

Tandor sursauta de choc quand il se retrouva soudainement avec une femelle marastin dow en pleurs collée à lui. Elle bégayait ses remerciements et à quel point elle n'oublierait jamais ce qu'il avait fait. Il jeta un œil en direction de Carmen quand il l'entendit glousser.

Ses yeux se tournèrent vers Cree et Calo qui levèrent les mains et s'éloignèrent de lui. Il secoua la tête quand il vit l'autre femelle marastin dow dans les bras de l'autre mâle. Ils pleuraient tous les deux.

Ben entendit Carmen murmurer à l'officier de la sécurité qui avait reçu l'ordre de venir quand Carmen était rentrée avec deux Marastin Dow.

— Je pense qu'on peut les laisser seuls sans danger. Ben, si tu veux, je peux vous montrer une cabine pour Evetta et toi. Tandor, je pense que Hanine aimerait rester avec son compagnon. Si cela ne te dérange pas, j'apprécierais que tu donnes l'ordre qu'on lui amène des vêtements propres et de la nourriture.

— Bien sûr, répondit Tandor en tapotant maladroitement le dos de Hanine. Je dois m'occuper de ton compagnon. Pourquoi ne vas-tu pas te débarbouiller et manger pendant ce temps ?

Il poussa un soupir de soulagement quand Hanine hocha silencieusement la tête avant de le lâcher. Elle sourit, son visage se tordant alors qu'elle luttait pour reprendre le contrôle de ses émotions. Elle prit une profonde inspiration et fit un autre pas en arrière tandis que Tandor ordonnait aux médecins de transférer Aaron dans l'autre pièce.

— Est-ce que ça va aller ? demanda doucement Ben.

— Oui, répondit Hanine en regardant à travers la vitre alors qu'Aaron fut transféré sur un autre lit et qu'une grande coque se ferma autour de lui. Oui, je pense que ça va aller à présent. Allez-y. Vous avez tous les deux aussi besoin de vous reposer et de manger. Je vais rester avec Aaron. Maintenant que je sais qu'il est en train de se faire soigner, j'irai bien.

— Est-ce que tu en es sûre ? Tu devrais peut-être… commença à dire Evetta avant que sa voix ne s'estompe quand Hanine se tourna pour lui faire face. Manger et te reposer. Nous passerons te voir plus tard.

Hanine tendit les bras et enlaça sa sœur.

— Merci ! murmura-t-elle. Merci beaucoup d'avoir trouvé Ben. Merci d'être ma sœur.

Les yeux d'Evetta s'emplirent à nouveau de larmes alors qu'elle serrait sa sœur cadette dans ses bras. Elles s'étaient rudement battues pour survivre et elles avaient découvert l'amour en chemin. Le futur était peut-être encore incertain, mais au moins, elles avaient une chance d'avoir un futur à présent.

— Tu t'es beaucoup amélioré, commenta Cree en faisant rouler ses épaules. Tu deviens plus fort.

Aaron sourit en acceptant la main qu'il lui tendait. Il grimaça quand il se leva et se frotta le flanc. Cela faisait plusieurs semaines depuis qu'ils avaient été amenés à bord du *Horizon* et une routine avait commencé à s'installer.

— Ça va ? demanda Ben en arrivant derrière lui.

— Je vais bien. C'était juste une petite contraction, assura Aaron à son frère aîné. Je dois admettre que je ne me suis pas senti aussi bien depuis longtemps.

Ben gloussa tout en hochant la tête en direction de Cree qui marmonna qu'il était demandé autre part. C'était vrai. Lui aussi ne s'était pas senti aussi bien depuis longtemps. C'était incroyable ce que de la bonne nourriture, des vêtements propres, beaucoup de repos et de l'exercice quotidien pouvait faire à une personne.

Ben marcha aux côtés d'Aaron alors que son frère se rendait vers les bancs le long du mur de la salle d'entraînement. Cree, Calo et plusieurs autres guerriers valdiers les avaient pris, Aaron et lui, sous leurs « ailes », les autorisant à s'entraîner avec eux chaque jour. Même l'attitude des guerriers envers Evetta et Hanine changeait. En ce moment, leurs « compagnes » comme les guerriers les appelaient, étaient à la salle des machines pour montrer certains des programmes qu'elles avaient développés toutes seules au fil des années, y compris celui permettant de contourner les boucliers du spatioport.

— Alors, que penses-tu de l'offre de Ha'ven ? demanda Ben en se laissant tomber sur le banc à côté d'Aaron. Devrions-nous l'accepter ?

— Ouais, répondit Aaron, se penchant en avant et laissant reposer ses coudes sur ses genoux. Ouais, je pense qu'on devrait l'accepter.

Aaron ne pensait à rien d'autre qu'à l'offre étrange et inattendue qu'ils avaient reçue de la part du prince curizan nommé Ha'ven Ha'darra. Ils étaient en train de faire de l'exercice quand l'homme les avait abordés la veille. Il leur avait posé beaucoup de questions, dont beaucoup auxquelles ils n'avaient pas pu répondre, à propos d'où ils étaient allés et de qui les avait enlevés. Tout ce qu'ils avaient pu lui dire avait été à propos de leur vie chez eux à la ferme et des changements ayant lieu chez les Marastin Dow.

— Où avez-vous prévu d'aller à présent ? avait demandé Ha'ven vers la fin de leur conversation.

Aaron avait haussé les épaules, mais Ben avait haussé le ton. Ils avaient découvert que les Marastin Dow n'étaient pas respectés par les autres espèces comme leur avaient dit Evetta et Hanine. Il avait fallu plusieurs semaines pour que la sécurité arrête de les suivre comme leurs ombres, et même à présent, elles n'étaient jamais laissées seules à part quand elles étaient dans leurs cabines.

— Dans n'importe quel endroit qui acceptera Evetta et Hanine, avait grogné Ben. Nous ne tolérerons pas que nos femmes se sentent inférieures à qui que ce soit à cause de la couleur de leur peau.

Le rire de Ha'ven avait résonné dans la pièce, attirant l'attention de plusieurs guerriers qui s'entraînaient. Une fois qu'il eut arrêté, il les avait surpris avec son offre. Elle était trop bonne pour être ignorée.

— Il y a un village fondé il y a plusieurs siècles sur ma planète pour une mixité d'espèces qui ont quitté leurs mondes pour des raisons diverses. Ils sont peu conventionnels et vous accepteraient, vos compagnes et vous. Vous êtes les bienvenus à vous y installer. Je sais qu'il y a beaucoup de terre. Ton frère et toi pouvez volontiers les cultiver, si vous le souhaitez.

— Pourquoi ? avait demandé Ben, sceptique. Pourquoi nous accueilleriez-vous alors que vous ne nous connaissez pas ?

Les yeux de Ha'ven s'étaient assombris et avaient parcouru Ben et Aaron lentement et de façon mesurée. Un sourire sombre, presque dangereux, s'était dessiné sur ses lèvres. Ce sourire ne se reflétait cependant pas dans ses yeux.

— Ton frère et toi êtes comme la compagne de Creon, Carmen. Je vous offre un endroit avec d'autres qui sont aussi différents. C'est à vous de choisir si vous souhaitez accepter mon invitation, avait répondu froidement Ha'ven. Sachez seulement une chose, je vois plus que ce que vous réalisez. Croyez-moi quand je dis que je suis quelqu'un qu'il ne faut pas contrarier. Si vous décidez de venir, n'oubliez pas cela et assurez-vous que vos compagnes le comprennent aussi. Je n'ai aucune pitié pour ceux qui me défient, qu'ils soient mâles ou femelles. Le choix est le vôtre.

Aaron se souvenait de la sensation froide qui l'avait envahi face à l'expression dans les yeux du Curizan, mais l'offre était trop tentante pour être ignorée.

Non, pensa-t-il. *Un lopin de terre, un foyer et Hanine, ça ressemble au paradis pour moi.*

— 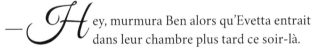ey, murmura Ben alors qu'Evetta entrait dans leur chambre plus tard ce soir-là. Comment était ta journée ?

Les yeux d'Evetta s'écarquillèrent quand elle vit la table mise et couverte de plats, une petite lumière et une fleur de papier au centre. Elle s'approcha et toucha du doigt la forme insolite. Elle se tourna et sourit à Ben alors qu'il s'approchait d'elle.

— Beaucoup mieux, répondit-elle. Qu'est-ce que tout ceci ? demanda-t-elle en faisant un signe de la main en direction de la table, la lumière, et les couvertures du lit retournées. Est-ce que tu attendais quelqu'un ?

— Je t'ai dit une fois que je voulais faire cela comme il se doit, répondit Ben, un léger tic nerveux lui secouant le coin de la mâchoire.

— Faire quoi comme il se doit ? demanda Evetta, confuse, tandis que Ben se mettait sur un genou devant elle. Qu'est-ce que tu fais ?

Ben prit une profonde inspiration et saisit la main gauche d'Evetta. Il toucha de son pouce la bague de platine dans sa main. Aaron et lui avaient trouvé des métaux et des cristaux qui avaient été jetés. Ils n'y croyaient pas quand on leur avait dit qu'ils seraient soit recyclés soit détruits une fois qu'ils seraient rentrés chez eux. Zuk leur avait dit qu'ils pouvaient prendre ce qu'ils voulaient. Ils avaient tous les deux pris ce dont ils avaient besoin et avaient travaillé sur les délicates bagues durant leur temps libre.

Les doigts de Ben tremblèrent alors qu'il tenait sa main dans la sienne. Il savait que cela faisait à présent plusieurs mois qu'il faisait référence à Evetta comme étant sa femme, mais c'était différent. Cela lui semblait juste.

Prenant une profonde inspiration, Ben regarda les yeux confus d'Evetta et sourit. *Oui*, pensa-t-il. *C'est comme il faut.* Il se sentait plus en confiance, et son sourire s'élargit quand il plongea dans ses beaux yeux.

— Evetta, me ferais-tu l'honneur de devenir ma femme ? demanda Ben d'une voix basse et rauque emplie d'émotion.

Evetta fronça les sourcils.

— Est-ce que cela veut dire que tu m'appartiens toujours ? demanda-t-elle d'un air suspicieux.

Ben jeta la tête en arrière et rit.

— Oui, ma belle guerrière marastin dow. Cela veut dire que je appartiens complètement et uniquement à toi.

Un petit sourire satisfait se dessina sur les lèvres d'Evetta.

— Pour toujours ?

Ben fit glisser la délicate bague ornée de beaux diamants et émeraudes sur l'annulaire gauche d'Evetta avant de se lever. Il repoussa tendrement une mèche de cheveux de sa joue. Il se pencha et déposa un baiser léger sur ses lèvres avant de gémir quand elle se souleva pour approfondir le baiser.

— Pour toujours, promit-il quand ils se séparèrent finalement.

— Alors oui, je serai ta femme, gloussa-t-elle en jetant ses bras autour de son cou. Je t'aime, Ben Cooper !

— Pas autant que je suis sur le point de t'aimer, Evetta Cooper, grogna Ben en plaquant des baisers brûlants dans son cou. Tu es une femme incroyable, Evetta. Je dois être l'homme le plus chanceux de tous les systèmes stellaires.

— Tu portes bien trop de vêtements, murmura-t-elle en se débattant pour défaire les agrafes inhabituelles de sa chemise. Voilà qui est mieux.

Ben siffla tandis que ses doigts se frayaient un chemin vers sa chair échauffée. Ses mains saisirent sa taille. Il pencha la tête en arrière quand ses lèvres suivirent ses doigts. Un frisson le parcourut alors que la langue d'Evetta titilla son mamelon droit avant de se diriger vers le gauche.

Il baissa la tête et émit un gémissement bas.

— Mon tour, marmonna-t-il d'une voix étranglée. Tu portes certainement bien trop de vêtements pour l'occasion.

Le rire ravie d'Evetta emplit la pièce alors que Ben lui retirait sa chemise. Ses bottes, son pantalon et ses sous-vêtements formèrent bientôt plusieurs piles sur le sol. Elle poussa un petit cri quand Ben la souleva dans ses bras et la porta en direction de la salle de bain.

— Où est-ce que tu vas ? Le lit est dans l'autre direction, gloussa Evetta alors qu'il la posa dans l'unité de purification.

— J'ai toujours eu envie d'essayer ça, admit Ben avec un sourire.

Les yeux d'Evetta suivirent ses mains alors qu'il retirait son pantalon. Ses yeux se réchauffèrent d'approbation quand elle vit à quel point il était excité. Elle ne se lasserait jamais de le regarder. Elle tendit la main, mit ses doigts autour de sa verge lancinante et tira légèrement dessus.

— Tu es une petite chose exigeante, n'est-ce pas ? demanda Ben d'une voix rauque. Est-ce que tu veux un peu de ça ? demanda-t-il en balançant des hanches afin que sa verge fasse des allers-retours contre sa paume humide.

— Non, murmura-t-elle en levant les yeux vers lui. Je veux ça tout entier.

— Alors c'est tout à toi, chérie, grinça Ben alors qu'elle continuait de le caresser.

Incapable de supporter cela plus longtemps, il enroula ses doigts autour de son poignet et la fit tourner.

— Tout à toi, répéta-t-il en s'enfonçant en elle par derrière.

— Ben ! cria Evetta alors qu'il s'enfonça plus profondément.

— Pour toujours, Evetta. Tu es ma femme jusqu'à ce que la mort nous sépare, grogna-t-il en se balançant profondément en elle. Bon Dieu, j'adore te sentir.

— C'est bon, si bon, haleta Evetta en écartant ses mains contre le mur.

Ben regarda alors qu'il faisait des va-et-vient en elle. Le contraste entre sa peau et la sienne était érotique. La fine courbe de ses hanches qu'il retenait prisonnières le surexcitait. Les cris d'Evetta emplirent la petite pièce. Il sentait les petits renflements en elle se refermer sur lui alors que l'orgasme montait en elle. Peu importe à quel point il se préparait, il n'y était jamais prêt. Ses parois vaginales ornées de petits renflements qui gonflaient quand elle devenait plus excitée glissèrent le long de sa verge. Quand elle se brisa autour de lui, ils s'agrippèrent à lui, serrant fermement sa verge tout en pulsant comme de minuscules masseurs.

Son halètement étranglé répondit à celui d'Evetta alors qu'il explosa profondément en elle. Il se pencha en avant et enroula ses bras autour d'elle tandis qu'il jouissait. Il dut mettre une main contre le mur quand elle s'affaissa. Il plaqua des baisers brûlants le long de son dos et de ses épaules alors qu'il les relevait tous les deux.

— J'adore la façon dont ton corps se verrouille autour de moi, murmura-t-il.

Evetta gloussa faiblement et s'appuya contre lui.

— C'est bien car il n'y a rien que je pourrais faire si tu n'aimais pas ça. Oh… gémit-elle alors qu'il se contracta en elle, tirant sur les mêmes petits renflements qui le maintenaient en elle. C'est… quel est le mot que tu m'as appris…. waouh !

— Waouh est un euphémisme, admit Ben.

— Ben, murmura Evetta alors qu'il se retirait.

— Oui, mon cœur ?

— Je suis contente d'être ta femme, murmura-t-elle en se tournant dans ses bras quand il se redressa.

— Moi aussi, ma chérie. Moi aussi, dit-il, l'embrassant à nouveau.

14

*A*aron balaya la pièce du regard avec excitation. Hanine était revenu du travail peu de temps aupara-vant et il prétendait qu'il ne se passait rien d'important. Il lui avait nonchalamment demandé si elle voulait aller dîner au réfectoire. Elle l'avait regardé bizarrement, mais elle avait accepté. Cela l'avait presque tué de garder une expression sérieuse quand elle était allée à la salle de bain de pour se débarbouiller.

Dès l'instant où elle ferma la porte, il passa à l'action. Il se tourna quand il entendit l'interphone de la porte. Il se rua en avant après avoir jeté un œil à la porte de la salle de bain.

— Pas un mot à qui que ce soit ! siffla Cree à voix basse. Je n'arrive pas à croire que tu m'as embarqué là-dedans.

— Tu as dit que tu ferais n'importe quoi si je parvenais à te mettre à terre ! répondit Aaron avec un sourire en tirant le chariot de nourriture dans la pièce. Tu es tombé.

— Tu m'as embrassé ! rétorqua Cree avec dégoût. Qui a déjà entendu parler d'un guerrier vainquant un autre en l'embrassant ?

— Eh, mec, sourit Aaron. En amour comme à la guerre,

tous les coups sont permis, et l'amour est certainement dans l'air.

— Ouais, mais c'est pour une Marastin… la bouche de Cree se ferma brusquement quand les yeux d'Aaron s'assombrirent d'avertissement. Tu n'as pas intérêt à dire un mot de tout ceci à qui que ce soit où je te trancherai la gorge moi-même.

Aaron fit glisser ses doigts le long de ses lèvres comme s'il fermait une fermeture éclair tandis que Cree sortit de la pièce. Il donna l'ordre de fermer la porte, puis la verrouilla avant de pousser le chariot afin qu'il soit à côté de la table. Il était sur le point de mettre les plats couverts sur la table quand la porte de la salle de bain s'ouvrit. Il se tourna et émit un sifflement sonore alors que Hanine apparut dans l'embrasure de la porte vêtue de rien de plus qu'une petite serviette enroulée autour de son corps.

— Mu… musique, murmura-t-il. Joue la musique.

— Qui était à la… porte ? souffla Hanine en levant les yeux vers le plafond. Oh, Aaron.

Hanine se tint émerveillée tandis qu'Aaron s'avança lentement vers elle. Ses yeux s'illuminèrent de chaleur face aux larmes qui brillèrent dans ses yeux alors qu'elle regardait les centaines de petits origamis qui pendaient du plafond comme des étoiles.

— Est-ce que je peux te garder ? murmura-t-il quand elle le regarda à nouveau. Pour toujours ?

— Tu m'as eu au premier origami, admit-elle en se mordant la lèvre avant de rire. Tu es fou.

Les bras d'Aaron s'ouvrirent et il l'attrapa alors qu'elle s'y jeta. Ses bras s'enroulèrent autour de son corps nu et élancé tandis que ses bras à elle s'enroulèrent autour de lui et qu'elle enfouit son visage dans son cou. Il sentit les larmes humides et brûlantes quand elle secoua la tête.

— Je suis fou de toi, Hanine. Je le suis depuis la première

fois que je t'ai vu lever tes beaux yeux au ciel et tirer la langue. Je savais que j'étais fini, murmura-t-il en se reculant juste assez pour glisser la bague qu'il avait créée à son doigt. Tu es ma femme. Je t'aime, Hanine.

— Je t'aime, Aaron Cooper, marmonna passionnément Hanine. J'aime tout chez toi, espèce d'humain fou.

— Montre-moi, murmura Aaron en se penchant pour l'embrasser. Montre-moi ce que tu aimes chez moi.

Le sourire de Hanine était la seule réponse dont Aaron avait besoin. La promesse qu'il montrait suffisait à mettre le feu à ses reins. Il tendit la main vers la boucle de son pantalon. Il le baissa au moment même où elle poussa sa chemise de ses épaules. Ses doigts caressèrent la longue cicatrice sur son flanc.

— J'ai failli te perdre, murmura-t-elle en faisant courir ses doigts le long de la cicatrice. Je n'ai jamais eu aussi peur de ma vie.

Elle leva les yeux vers lui quand il attira ses doigts à ses lèvres et les embrassa.

— Tu me fais ressentir des choses que je n'aurais jamais crues possibles. Tu me faire croire…

Aaron la tira tendrement en avant alors qu'il reculait vers le lit.

— En quoi est-ce que je te fais croire ? demanda-t-il d'une voix rauque.

Les yeux de Hanine brillèrent sauvagement. Une larme solitaire s'échappa alors qu'elle lui adressa un sourire tremblant.

— Tu me fais croire en nous.

Aaron enroula ses bras autour d'elle tandis qu'il s'allongea lentement sur les couvertures. Il la maintint contre son torse, s'émerveillant de voir à quel point elle tenait parfaitement contre lui. Il fit courir ses mains le long de son dos, ferma les yeux et inspira sa douce odeur.

— Crois, Hanine. N'oublie jamais ça. Crois toujours en nous et rien ne nous sera impossible, lui promit Aaron. Rien.

Hanine leva la tête et le regarda. Elle se redressa et fit glisser ses jambes de chaque côté de lui jusqu'à ce qu'elle soit à califourchon sur lui. Elle lui leva les mains et les plaqua contre ses seins alors qu'elle glissa lentement, s'empalant sur sa verge.

— Hanine, gémit-il. Oh, chérie, oui.

— Je crois, Aaron, promit-elle. Je crois.

Aaron leva les yeux, émerveillé par la belle créature au-dessus de lui. Ses yeux étaient fermés alors qu'elle le chevauchait. Un doux sourire était dessiné sur ses lèvres et son visage était détendu tandis qu'elle bougeait à un rythme lent qui faisait des ravages sur son corps.

— Oh par les dieux, Hanine, haleta Aaron alors qu'il la sentait gonfler autour de lui. Chérie, je ne peux pas… je ne peux pas…

Les yeux de Hanine s'ouvrirent et elle le fixa avec une expression triomphante. Elle accéléra, se tordant un peu alors qu'elle descendait sur lui. Ses lèvres s'ouvrirent quand il pinça ses mamelons alors que son plaisir atteignait une pression insupportable.

— Pour toujours, Aaron, cria Hanine tandis qu'elle se brisait autour de lui, l'accrochant à elle. Tu peux me garder pour toujours.

Le corps d'Aaron répondit au sien. Sa verge pulsa au rythme de son orgasme. Les muscles de ses avant-bras se tendirent alors qu'il se soulevait pour s'enfoncer encore plus en elle afin qu'elle prenne jusqu'au dernier millilitre de sa semence. La satisfaction l'envahit quand elle tomba en avant. Il serra tendrement son corps tremblant dans la protection de ses bras.

— Je te tiens, chérie, murmura-t-il. Mon beau cœur de guerrière.

Il la tint contre son cœur, fixant l'étalage brillant d'origamis. Chacun d'entre eux lui faisait penser à elle d'une certaine façon. Il réalisa qu'il allait devoir lui en faire beaucoup, beaucoup plus.

ÉPILOGUE

Ceran-Pax, monde natal de Curizan un an plus tard...

Ben jetait un œil au sol dans le champ fraîchement labouré quand il leva soudainement la tête. Il se releva lentement et mit ses doigts à sa bouche. Un sifflement sonore fit savoir à Aaron qu'ils avaient de la compagnie.

Ses yeux s'adoucirent sur la silhouette légèrement arrondie de sa femme. Elle parlait avec animation avec plusieurs autres femmes du petit village dans lequel ils s'étaient installés. Hanine marchait dans sa direction avec deux hommes qui venaient d'acheter un peu du « foin » qu'ils avaient récolté plus tôt.

— Elle est aussi belle aujourd'hui qu'elle l'était hier, murmura Aaron en venant se tenir côté de Ben.

Ben rit et mit un coup sur l'épaule de son frère.

— Tu dis ça tous les jours, frérot. Si je ne te connaissais pas mieux, je croirais que tu es amoureux.

— Ouais, tu croirais ça, dit Aaron en souriant tandis que

Hanine leva les yeux vers lui et lui sourit avant de lever un sourcil dans sa direction et de tendre la main droite.

Aaron baissa les yeux vers sa main quand elle l'ouvrit. Trois ours y étaient assis. Un grand, un moyen, et un… sa gorge se serra quand il vit l'ourson entre eux. Ses yeux volèrent vers elle et un sourire lent s'étala sur son visage avant qu'il ne coure sur les derniers pas les séparant et ne la fasse tournoyer dans les airs en riant bruyamment.

Oui, pensa-t-il en levant les yeux vers son visage brillant. *Les rêves peuvent vraiment devenir réalité.*

Note de l'Auteur : J'espère que vous avez aimé l'histoire de Ben et Aaron. Ils ont d'abord été présentés dans *Pas d'échappatoire pour Carmen : Les Seigneurs Dragons de Valdier Tome 5*. Le monde des Marastin Dow est un monde de violence où la survie dépend de la force et de la ruse. Alors que plus de membres de leur peuple sont exposés aux cultures des autres, les dynamiques commencent à changer et la nouvelle génération exige un monde meilleur pour leur peuple. De futures histoires suivront cette révolution.

Lisez la suite pour avoir un aperçu d'une nouvelle série !

La Chanson de Ha'ven: Les Guerriers Curizans Tome 1

Emma est devenue recluse et il n'y a rien qu'elle désire plus que s'éteindre dans une mort paisible, mais Ha'ven enflamme son tempérament de façon exaspérante, lui faisant vivre pleinement l'instant présent avec ses requêtes impossibles.

Il dit que sa magie l'a atteint pour fusionner avec la sienne. Il dit que leur place est ensemble… et que sa vie semble être pleine à ras bord de choses impossibles dernièrement….

PLUS DE LIVRES ET D'INFORMATIONS

Si vous avez aimé cette histoire écrite par moi-même (S.E. Smith), laissez un commentaire !

Les séries

Science-Fiction/Romance

La série L'Alliance
Lorsque la Terre accueille ses premiers visiteurs venus de l'espace, la planète est plongée dans un chaos infernal. Les Trivators viennent pour ajouter la Terre à l'Alliance des Systèmes Solaires, mais à présent, ils sont forcés de prendre le contrôle de la Terre pour empêcher les humains de la détruire par peur, et pour les protéger des forces militantes d'autres mondes. Mais ils ne sont pas préparés pour faire face à la façon dont les humains vont affecter les Trivators, à commencer par une famille de trois sœurs...
La Conquête de Hunter (Tome 1)
Le Cœur traitre de Razor (Tome 2)
L'Espoir de Dagger (Tome 3)
Un Défi pour Saber (Tome 4)

L'Emprise de Destin (Tome 5)

La série Les Seigneurs Dragons de Valdier

Tout commence lorsqu'un roi s'écrase sur Terre, grièvement blessé. Il découvre par inadvertance une espèce qui pourrait sauver la sienne.

L'Enlèvement d'Abby (Tome 1)

La Capture de Cara (Tome 2)

La traque de Trisha (Tome 3)

Un piège pour Ariel (Tome 4)

Pour l'amour de Tia (Tome 4.1)

Pas d'échappatoire pour Carmen (Tome 5)

La quête de Paul (Tome 6)

La série Les Guerriers Marastin Dow

Les Marastin Dow sont connus et craints pour leur cruauté, mais tous ne veulent pas vivre une vie de meurtre. Certains attendent seulement le bon moment pour s'échapper...

Le cœur d'une guerrière (Nouvelle)

La série Les Guerriers Sarafins

La famille St. Claire est peut-être légèrement ridicule, mais ils sont formidables. Ces extraterrestres métamorphes chat ne vont pas comprendre ce qui leur arrive !

Choisir Riley (Tome 1)

À paraître bientôt en français

Science-Fiction/Romance

Curizan Warrior Series

Les Curizan possèdent un secret, caché même à leurs plus proches alliés, mais même eux ne sont pas à l'abris de l'attraction d'une espèce peu connue d'une planète isolée appelée Terre.

Dragonlings of Valdier Novellas

Les Valdier, les Sarafin et les Curizan ont des enfants qui ne peuvent s'empêcher de se fourrer dans les ennuis ! Il n'y a rien d'aussi mignon ou drôle que des enfants magiques, qui changent de forme, et rien d'aussi réconfortant que la famille.

Cosmos' Gateway Series

Cosmos a créé un portail entre son laboratoire et les guerriers de Prime. Découvrez de nouveaux mondes, de nouvelles espèces et des aventures scandaleuses au fur et à mesure que les secrets se dévoilent et que les ponts sont franchis.

Lords of Kassis Series

Tout commence avec un enlèvement au hasard et un passager clandestin, et pourtant, d'une certaine façon, les Kassiens savait que les humains viendraient depuis bien longtemps. Le destin de plus d'un monde est en jeu, et le temps n'est pas toujours linéaire...

Zion Warriors Series

Des voyages dans le temps, de l'héroïsme épique, de l'amour plus fort que tout. Des aventures de science-fiction avec du cœur et de l'âme, des rires et des découvertes incroyables...

Magic, New Mexico Series

Au Nouveau Mexique, une petite ville nommée Magic, une ville... inhabituelle, c'est le moins que l'on puisse dire. Sans début et sans fin, jouant entre les genres, auteurs et univers, l'hilarité et le drame se combinent pour vous tenir en haleine !

Paranormal/Fantaisie/Romance

Spirit Pass Series

Il existe une connexion physique entre deux temps. Suivez les histoires de ceux qui voyagent de l'un à l'autre. Ces westerns sont sauvages comme il se doit !

Second Chance Series
Des mondes autonomes mettant en scène une femme qui se souvient de sa propre mort. Ardents et mystérieux, ces livres voleront votre cœur.

More Than Human Series
Il y a longtemps, une guerre a fait rage sur Terre entre les métamorphes et les humains. Les humains ont perdu, et aujourd'hui, ils savent qu'ils courent à leur extinction s'ils ne font rien...

The Fairy Tale Series
Coup de théâtre pour vos contes de fées préférés !

A Seven Kingdoms Tale
Il y a longtemps, une étrange entité est venue aux Sept Royaumes pour les conquérir et se nourrir de leur force vitale. Elle a trouvé un hôte, et elle l'a combattu dans son corps pendant des siècles alors qu'elle était entourée de destruction et de dévastation. Notre histoire commence quand la fin est proche, et qu'un portail est ouvert...

Science-fiction épique/Aventure et action

Project Gliese 581G Series
Une équipe internationale quitte la Terre pour enquêter sur un mystérieux objet dans notre système solaire qui a clairement été fabriqué par quelqu'un, quelqu'un qui ne vient pas de la Terre. Parfois, nous sommes vraiment trop curieux pour notre propre bien. Découvrez de nouveaux mondes et des conflits dans une aventure de science-fiction qui deviendra votre préférée !

Nouveaux adultes/Jeunes adultes

Breaking Free Series

Makayla vole le voilier de son grand-père et embarque pour une aventure qui va remettre en cause tout ce en quoi elle a toujours cru sur elle-même.

The Dust Series

Dust se réveille pour découvrir que le monde tel qu'il l'a connu n'existe plus après que des fragments d'une comète aient frappés la Terre. Mais ce n'est pas la seule chose qui soit différente, Dust l'est aussi...

À PROPOS DE L'AUTEUR

S.E. Smith, *reconnue internationalement et nommée au New York Times et USA TODAY*, est une auteur à succès de science-fiction, romance, fantaisie, paranormal et d'œuvres contemporaines, pour adultes, jeunes adultes et enfants. Elle aime écrire une large variété de genres qui attirent les lecteurs dans des mondes qui les emportent.

Vous pouvez également jeter un coup d'œil aux autres livres et vous inscrire à ma newsletter pour être informé de mes dernières publications à :

http://sesmithfl.com
http://sesmithya.com

Ou rester en contact grâce aux liens suivants :

http://sesmithfl.com/?s=newsletter
http://sesmithfl.com/blog/
http://www.sesmithromance.com/forum/
facebook.com/se.smith.5
twitter.com/sesmithfl
pinterest.com/sesmithfl